ちくま文庫

定本艶笑落語2

艶笑落語名作選

小島貞二 編

筑摩書房

もくじ

艶笑落語名作選

章扉カット　灘本唯人

定本　艶笑落語2

艶笑落語名作選

艶笑落語名作選

数取り

えー、夏ともなりますと、昔は夕方なんぞ、道ばたに涼み台というものを出しますナ。打ち水をしました表へ出て、思い思いの浴衣《ゆかた》かなんか着て、この涼み台に腰かけ、団扇《うちわ》なんぞ使って涼《りょう》をとろうという……。

中には、この……将棋盤なぞ持ち出しまして、縁台将棋でございます……双肌《もろはだ》ぬぎになって鉢巻なぞしましてネ、ウンウン唸りながら汗をダラダラ流している……なンのために涼みに出てるのか、わかりゃしない……。

そうかと思うと、五、六人かたまって、四方山話《よもやまばなし》に花を咲かせる。古い川柳に、

涼み台またはじまった星の論

なんてェのがございます。

夜ともなると空にゃ一面に星が出る、そいつを眺めながら、浮世ばなれのした星の話……今でいえば宇宙旅行の話かなんかをする……これもまた、粋《おつ》なもんでございます。

涼み台もこれが、町内の若い衆……若いもんばかりが集まりますと、こりゃァまた、出る話は決まっております。〃三河屋の娘は、番頭とデキたらしい……〃とか、〃八百屋のお花坊は、ヨメに行ったらすぐハラんだ……〃とか、近所の女の子の評判ばかりでございましてナ。

甲「おッ、あれを見ねえ、あれを……」

乙「え、なんだい……?」

甲「ホラ、あすこの伊勢屋の前《めえ》あたりを急ぎ足で行く若え尼《わけ》さん……えエ、とほうもねえ美《い》い女じゃァねえか?」

乙「あ、なるほど……うーん、こりゃァ滅法界《めっぽうけえ》もねえや……」

甲「顔ばかりじゃねえ、檀家《だんか》回りが遅くなって帰《けえ》りを急ぐのか、法衣《ころも》の裾がチラチラはねあがって、なんともいえねえ色気じゃねえかなア」

乙「全くだ、あれで尼にしておくなア惜しいや……」

甲「還俗《げんぞく》（ふたたび俗人にもどること）でもしたら、ちょいとこの界隈《かいわい》に、太刀討ちできる女ァいめえよ」

乙「どこのお寺さんか知らねえが、もってえねえ話だなア……」
留「おいおい、おい……おめえたちゃァ、あの尼さんを知らねえのか？」
甲「ヘッ、留さんは、知ってるのかい？」
留「知ってるかッたって……あの尼さんはナ、タダの尼さんじゃねえ」
乙「タダの尼さんじゃねえというと、男の尼さんかなんか……」
留「ばかやろう、男の尼さんてェのがあるか。……あの尼さんはナ、れっきとしたお大《でえ》名《みよう》……紀州さまの元ォただせば、お姫《ひい》さまだ」
甲「ヘーエ、紀州さまったら和歌山で五十五万石、大大名じゃねえか？」
留「そうよ」
甲「フーン、道理で気品があると思った。……で、そのお姫さんが、どうして尼さんなンぞになったんだい？」
留「うん、それよ、あのお姫さまにはナ、さる旗本の若殿さまで、小せえときからいいかわした許嫁《いいなずけ》がおあんなすった……」
甲「フンフン……」
留「その若殿さまが、ふとした風邪をこじらせて、ポックリお亡くなりになったんだ。そこでお姫さまは、世をはかなんで、髪をおろしなすった——」

乙「フーン、それまで、かつらをかぶってたんだナ、髪をどこへおろしたんだ？」
留「何ォ言やアがる。頭を丸めたんだ」
乙「あア、手でこねて？」
留「わからねえやつだナ。黒髪をそり落として尼さんになったってンだよ。この先に寺があるだろ……え、そいつが菩提寺《ぼだいじ》だ、ナ、その裏山へ庵《いおり》を結び、行ないすまして念仏三昧《ざんまい》、すっかり浮世を捨てて、たンだ一人でお暮らしになってるんだ」
甲「なるほどねえ、ちっとも知らなかった。それにしちゃ留さん、くわしいねえ……」
留「あア、おまえたちのように、下々《しもじも》の者にゃわかるめえが、おれのように、紀州さまの縁につながるものにゃ、すぐ知れるのよ」
乙「へーエ、留さんは紀州さまの縁につながってるのかい？」
留「ああ、こないだ、親方のおともをしてナ、紀州さまのお下屋敷の根太《ねだ》ァ直しに行って、縁の下にもぐったんだ。だから……縁につながった……」
甲「情けねえつながり方だなア」
乙「それにしても、そういう尼さんなら、どうせ男ァ知るめえなア……」
留「あたりめえよ、しみひとつねえ生娘《きむすめ》のまンまだアな」
乙「もってえねえ話だなあ……」

甲「お、お、男と生まれた甲斐にゃア、あんな別ぴんのお姫さまを、一度は抱きてえもんよなア」
乙「おらア、抱かなくってもよ、せめてサワるぐれえはサワってみてえ」
留「よせよせ、そいつこそ高嶺《たかね》の花、届かぬ恋のなんとやら……てんだ。こちとら職人風《ふ》情《ぜい》は、そこらの岡場所（私娼《ししょう》の集るところ）で引っぱり（彼女らは客の着物の袖を引いた）相手にするのが相応だ」
八公「ヤイヤイヤイ、てめえたちゃァ、情けねえヤツらだなア……」
留「あッ、八の野郎が来やがった。……ちきしょうめ、あいつア、なんだって逆らいやがるんだからナ……。おう、なんでえ、八公」
八「ヘン、さっきから、蔭で聞いてりゃァ、なんでえ、職人風情の、高嶺の花のと……そろいもそろって尻腰《しっこし》のねえ（意気地がない）、江戸っ子の面汚しだ」
乙「そんなことといったって、おめえ……相手は何しろ、浮世を捨てた尼さんだ」
八「なに、おらあナ、一ぺんこうとねらったら、尼さんだろうが、アマガエロだろうが、のがしたこたアねえんだ！」
甲「尼さんとアマガエルたァ違わア」
八「どっちも頭が青いや……」

留「何を言ってやがる。いくらおめえが大きなことォ言ヤァがってもナ、あのきれいな紀州さまのお姫さまのおそばへ寄るなんてこたア、しゃっちょこ立ち（逆立ち）しても及びがつかねえんだ、身分が違わア、身分が……」
八「けっ、そ、そんなこと言ってやがるから、てめえらはいつもピーピー風車、デレリポーッとしてやがんだ。論より証拠ワラ人形、思い立ったが吉日と来らあ。おらあ、あした、ちょいとあの尼さんとこへ行って、当たって来るからナ、みごとモノにしてきたら、てめえたち一升買うんだぜ……」
留「お、おい、よしなよ、おい、そんな……。相手は高貴のお姫さまだ。もし、おめえ……間違えでもあったら……」
八「うるせえ、高貴もホーキもあるもんけえ。あしたの晩は、この縁台へ来て、たっぷり土産話を聞かせてやるからナ、あばよ！」
乱暴なヤツがあるもんで、そのまま、バーッと行ってしまった。
あくる朝になりますと、八公のやつ、垢だらけのボロを身につけまして、顔には、こう梅干の皮をはり散らかしまして吹出物《ふきでもの》に見せ、両手に竹の棒を一本ずつ突いて、業病人《ごうびょうにん》をよそおいまして、尼の庵室めざして裏山を登って参ります――。

午《ひる》ちかくでございまして、松林からは蜩《ひぐらし》の声が降るように……てェ時分、竹の柱に茅《かや》の屋根、こけむした庵室の濡れ縁に、こう手をつかえまして、

八「……ごめん下さいまし。お願いでございます。ご庵主《あんじゅ》さまにおすがりするものでごぜえます。お願《ねげ》えでございます……」

尼「だれじゃナ？」

と、玉を転《まろ》ばすような声とともに、間《あい》の障子がサラリと開きまして、

尼「そなたか？　願いというはなんじゃ？」

八「へエ、これはご庵主さまとお見かけ申します。私はごらんの通りの病人でございやして……」

尼「おウおウ、あわれな……業病にかかりやったと見ゆるのう」

八「へエ、親の因果の報いでござりやしょう、どの医者からも見放され、このうえは、ご庵主さまのご慈悲におすがりするよりほかはございません……」

尼「それは気の毒。私の力の及ぶことなら助けてもあげたいが、まだ修行も積まぬ未熟な尼ゆえ……」

八「いえ、それが、ご庵主さまでなくてはかないませぬので……へイ。じつは、こうなれば神仏《かみほとけ》を頼むしか法がねえと存じまして、目黒は祐天寺《ゆうてんじ》の阿弥陀堂《あみだどう》へ、三七二十一日の間、

参籠をいたしました……」
尼「おお、それで、どうなりました？」
八「ヘイ、ちょうど満願の夜に、阿弥陀さまが夢枕に立ちまして〝善哉《ぜんざい》善哉、信心の功をめで、利験《りげん》をさずけとらするぞ。そちの業病は、富貴《ふうき》の家に生まれて仏門に帰依《きえ》した若き尼僧に、その身をシカと抱かれつつ、念仏唱名《ねんぶつしょうみょう》に勤めなば、仏果は流るるごとくその身に伝わり、たちまち病は癒《い》ゆるものと心得よ〟……と、こうおっしゃるんで……」
尼「なに、富貴の家に生まれた尼に抱かれろとや？」
八「ヘエ、そうなんで――。で、あちこちたずね歩いた末、ご庵主さまのお噂を聞きまして、やって参ったんでございます。どうぞ、ひとつ、グッと……その、抱っこしてやって頂きてえんで……」
尼「それは無体《むたい》な望み……。女子《おなご》の身で、男の身体を抱くとはのウ」
八「〝ゆめゆめ疑うことなかれ〟と、阿弥陀さまもおっしゃいましたので……ヘイ、仏さまのお口添えでございますから、どうか、後生一生のお願えでございます。助けると思ってお聞き届け下せえまし……」
尼「ウーム、法《のり》の袖にすがられて、苦しむ人を捨ておくは、仏に仕える身の道ではない。……抱くだけでよいのかえ？」

八「ええ、それだけで……ヘエ、あとはなンにもいりませんのです」
尼「ようわかりました。いかにも、お抱きして進ぜましょう……」
八「えッ、で、ではお聞き届けいただけましたんで……、あ、ありがとう存じます」
尼「したが、この場にては人目もあろう。おまえ……中へ入って、障子をしめてくりゃ」
八「へ、へッ……しめた、そう来ると思った……」
尼「え、なんとお言いやる？」
八「いえ、こっちのことで……。ではひとつ、まっぴらごめんいただきやして……」
と、八のヤツ、サッと庵室の中へ入りこんで、うしろを閉めっちまう。
尼「人助けのためとは言いながら、いっときたりと男は寄せぬきびしい戒律、その戒めを破るには、み仏のお許しを得ねばならぬ。それにて、しばし、待っていや」
てんで、若い尼さん、これより阿弥陀如来像を安置し奉る仏壇の前に進みまして、抹香《まっこう》を焚《た》き、チーンと鉦《かね》を鳴らしますと、白魚のような指で数珠《じゅず》をまさぐり、
尼「なむあみだぶ、なむあみだぶ、なむあみだぶ、なむあみだぶ……」
勤行《ごんぎょう》すませまして、あとふり返り、
尼「いざ、抱いてとらせましょう……。こちらへお来《じ》ゃ」
八「おっとっと、ご庵主さま、まさか、坐ったまんまとおっしゃるんじゃ、ないでしょう

ね、それじゃァシッカと抱くわけにゃいかねえ」
尼「エ、ではどうしろと申すのじゃ」
八「ここへお床《とこ》を敷いておくんなせえ、その中で抱いて頂きます……」
尼「エッ、床の中で……? ま、な、なにを言やる、おまえは!? 一つ床の中で男女《なんによ》抱き合うとは、そのようなミダラがましい……」
八「おやッ、これは、ご庵主さまのおことばとは聞こえませぬ」
尼「え、そ、それは?」
八「まことに仏門に帰依なされ、心は修行一筋におあンなさるなら、どんなことがあっても、一切の邪念は起こらぬはずでございます。それをミダラがましいとは、まだまだ、お心が、俗世《ぞくせ》を捨てきれない証拠。そうではございませぬか?」
尼「ウーム、言われてみれば、まさしくその通り……私の考えちがいじゃったぞえ。それでは、床をとりましょう……」
てんで、夏のことでございます。白絹の軽やかなふとんを敷きまして、白綾《しろあや》の繻絆ひとつになりました尼さん。耳たぶまであかく染めて横たわります。
わくわくしながら八のやつが、そのわきにすべりこみまして、いきなり尼さんの身体にむしゃぶりつくてェと、八「なむあみだぶ、なむあみだぶ、なむあみだぶ……」
　尼さんのほうも、
尼「なむあみだぶ、なむあみだぶ、なむ……あっ、おまえ、何をしやる」
八「えっ、あっしが何かしましたかい」
尼「その手を以て、私の乳《ちち》にみだらなまねをしやったではないか。抱くだけの約束ではなかったかえ」
八「これはしたり、こうして抱き合って無我夢中に念仏をとなえておりますれば、どこがどうさわるかわかりません。そのくらいなことで、みだらの、どうのと、おっしゃるのでは、まだまだ、修行のお心が足りませんぞ……」
尼「おお、そうであった、修行であったのう。では、つづけてくりゃ」
八「なむあみだむ、なむあみだぶ……」
尼「なむあみだぶ、なむあみだぶ、あっ、待、待ちゃ！」
八「えー、また、何か……」
尼「おまえの指が、私の股《また》の間《あわい》でうごいておる。あまりといえば、慮外なまねを……」
八「念仏三昧の最中でございます。夢中でございまして、あっしの指も、どこへさわるか知れません。それほどのことを、ミダラにお感じになるってなア……」

尼「わかりました。修行の心が足らぬのであろう。つづけてくりゃ」
八「なむあみだむ、なむあみだぶ……」
尼「なむあみだぶ、なむあみだぶ」
八「なむあみだぶ……」
尼「なむあみだ……あっ!!」
八「これ、ご庵主さま! 修行の心が足りませんぞっ!!」
尼「い、いいえ、修行の心に変わりはないが、こ、この……腰のあたりに、しきりに動く……この、この棒は、なんじゃエ?」
八「あ、あア、こ、これでござんすか。これは、へイ、あの……数取り棒と申しまして」
尼「なに、数取り棒?」
八「へイ、これを前後に動かしまして、お念仏の数をとりますので……へイ」
尼「そ、それならよい。さあ、おつづけ。なむあみだぶ、なむあみだぶ……」
八「なむあみだぶ、なむあみだぶ……」
尼「なむあみだぶ、なむあみだぶ」
八「なむあみだぶ、なむあみだぶ」
尼「なむ……あみ……だぶ、なむ……あみ……だ……」

八「なむ……あみ……だぶ、なむ……あみ……だ……」

二人はもう、息もたえだえでございます。尼さんも、とうとうたまりかねて、

尼「こ、これ、待ちゃ」

八「えッ、まだ、なにか？」

尼「お念仏は、もうよい。……数とりだけにしておくれ――」

艶色古川柳

ばったばった亭主のかわる美しさ

（美人薄命ならぬ亭主薄命、ことわざに〈美女は身をけずる斧〉とある）

門口で医者と親子は待っている

（医者は薬指、親子は親指と小指。ほかの二本の指が目下運動中）

女房の泣く度にいるふくのかみ
(〈笑う門には福の神〉のその福の神ならぬ〝拭く〟の紙、御事紙《おことがみ》をいう)

弘法《こうぼう》はうら親鸞《しんらん》は表門
(男色と女色をいう。「裏表この手柏《てがしわ》の坊主客」は両刀使い)

片膝をたてていびつな奥の院
(奥の院は女陰の異名。奥の院をのぞくけしからぬ奴)

紫色雁高《しきがんこう》をお経かと下女思い
(むらさき色でカリが高い。男根の最高級品とされた)

嵐民弥《あらしたみや》（いいえ）

えー、近ごろァ男のかたが長えものをはきまして、女のかたがスネを丸出しにしましてナ、また、男が髪を長くのばすてェと、女が丸坊主になったりする……男も女もワケがわからないことになりましたが、昔ァ、この男女の区別はハッキリしておりました——。

ただひとつの例外というのが女形《おやま》でありました。ええ、歌舞伎の女形《おんながた》。昔は女優というのがいなくて男の役者が女役をやる。それだけに女形は、女らしさを出すために、大そう苦労をしたもので、芸熱心になると、町の銭湯へ前をかくして入り、出るまで誰にも、知られなかったというくらいでして……。

ある人が、この……女形の名優って人に、女らしさを出すコツを聞いたところが、

女形「ハイ、私はただ、衣裳《いしょう》の下には何もはかず、股の間に紙をはさんで出ております」

と答えたッてんですが、なるほど、男はどうしても外またに歩く、するとはさんでた紙が落っこちる。舞台の上で、こんなみっともないことはない。落とすまいとするから内またで歩く、女らしさが出る……これも、芸道の苦心でございます。

この話を聞いた大部屋の下回りの役者が感心して、おれもやってみようッてんで、内またへ紙をはさんで出ましてネ、並び腰元の役で舞台をウロウロしているうち、野郎……上等の紙を使やァよかったんですが、浅草紙かなンか安い紙をはさみまして、ザラザラいたします。そいつが動くたンびに、ゴソゴソゴソゴソこすれましてネ、野郎、だんだん味な気分になってきて、えー、イキリ立った代物《しろもの》が、腰元の着物の前をかきわけて、ニョッキリ!……えー、出たッてんですがナ――。

江戸ではウダツの上がらぬ役者がおりまして、上方《かみがた》へ行って、当時の立女形《たておやま》、嵐富三郎《あらしとみさぶろう》の弟子になりました。名も嵐民弥《あらしたみや》とつけまして、やはり女形で、しだいに人気が出ます。これが江戸にも聞こえまして、一度、市村座へ出ないかという……故郷へ錦でございます。民弥もたいへん喜んで、師匠のところへ行って、暇乞《いとまご》いをいたします。

民弥「太夫《たゆう》、それではあたし、ちょっと江戸まで下《くだ》って(京へ行くのが上り、江戸へは下り)まいります」

富三郎「あァ結構だねえ、おまえには檜舞台《ひのきぶたい》……しっかりやんなさいョ。おや、ところでおまえ、その女形の服装《なり》で旅に出るのか？」
民「はい、何も修業《しゅぎょう》で、道中ズッと女で通しましたら、芸も身につこうと存じまして……」
富「ウン、見あげた心がけだ、それなら、晴れの舞台も、うまく行くだろう」
師匠にはげまされて旅に出る。服装《なり》は女ですが足は男で自信がある。ついムリをして、泊まりを重ねてある日のこと、
山ン中で、トップリと日が暮れました。
民「あア、困ったなア、どっかに泊めてもらえるところは、ないもんかねえ……」
あたりをすかしてみると、行く手にポツンとあかりが見えます。しめたというので、行って見ると、一軒の百姓家《ひやくしようや》……。
トントン、トントントン……。
爺《おやじ》「へーイ、だれだナ、今時分？」
民「ハイ、旅の女でござります。山中で日が暮れて困っております。一夜の宿を、どうかお貸し下さいませ」
爺「あンだ、女だと？　キツネじゃあンめえな。おっかア、ちょいとのぞいてみるだ」

女房「あいよォ……」

てんで、女房が戸を細目に開きまして、

女「あれマ、父《と》ッつァま、えらくきれいな娘さんだよ、身なりもええだ！」

爺「えッ、フンとか、そう？　おう、ちょっくら、戸を、広目に開けてみれ！」

百姓爺がふりかえって見ると、月の光に浮かび上がった女の姿。爺《おやじ》、ブルブルッとふるえましてナ、口からァヨダレがタラーッと垂れて、いろりの縁《ふち》にトンと当たって、はね返ったヤツが火の中へはいって、ジューッ……なにもそう細かく言わなくってもいい――。

爺「さアさア、お入んなせえ、そらまア、ええお困りでガンしょう。さアどうぞ」

民「ハイ、ありがとう存じます」

女「父ッつァま、おめえ、泊める了簡だかね？」

爺「うるせえ、黙ってッだ！　えー、おらどもア、女房と娘ッ子と三人暮らし、正直者ばかりだ。心配ブッこたアねえだよ」

民「恐れ入ります。私は江戸の太物《ふともの》問屋の娘でお民と申します。講中にて上方《かみがた》見物の帰り道、私一人体をこわしまして、連れに遅れて、道を急いでいるのでございます……」

爺「あア、そらア心細いこッた。よかったらおらが江戸までお送りするだが……」

女「父っつァまよ、バカこくでねえ！」

さて、寝る段になりまして、

爺「こう、娘さア、おらとこは二間ッきりねえだ。よかったら、女房ァ娘とねかし、おめえさアはおらの部屋でゆっくりと……」

女「こら、父っつァま、あにこくだ、女は女どうし、お嬢《じょう》さんは娘のお花と寝てもらうべ。なら、おたげえに安心だべ」

なに、安心なんてできゃァしない——。

娘のお花と枕を並べました民弥が、

民「ねえ、お花さん、山の中の夜は冷えますねえ、もうちょっとこちらへお寄りなさいな。体であったためあいましょう」

花「へエ、だども、おら、江戸の人ァ初めてで、なにやら、小ッ恥《こっぱ》ずかしゅうて……」

民「オホホ、江戸の女も、どこの女も、そう違いませんよ。まア、ちッとは違いましょうがネ。さア、こっちへグッと寄って……」

花「アレま、そうきつく抱いたら、おら、おら、おかしな気分になるだに……」

民「まア、女どうし、遠慮はいりませんヨ」

花「あンれ、お嬢さアの足の間に、なにやらブラブラと……」

民「オホホ、そこが江戸の女の、ちッと違ったところですよ、女のもンですから、心配しなくてもよござんす。では、ごめん遊ばせ」
そのまま乗っかっちゃって、いただいちまった。娘も途中で、相手が男だとわかったが、
もう、どうすることもできない。コトが終わって、別室の母親のところへ行きまして、
花「おッ母さん、おッ母さん……」
女「なンだネ、お花？」
花「おッ母さん……あの旅の人といっしょに休んでくンねえだか？　おら、なンだか、ぐあいの悪いような、気ィするだ？」
女「あンだねエ、いつまで人見知りしてッだ、しようのねえ小娘だナ、おめエは……」
ッてんで、今度は母親が参ります。
女「すみましねえだが、娘のお花ア赤子《ねんね》で、お嬢さまの側《そば》じゃ寝つけねえと言うだ。おらが、ここで休ませてもらいますだが……」
民「ハイ、けっこうでございます」
女「娘ア、はア、なんぞ失礼でも、ブチはしなかっただか？」
民「いえ、ただ寒うございますゆえ、もっとお寄りになるようお願いしましたところ、恥ずかしいとかおっしゃいまして……」
女「フンと赤子《ねんね》だよ、あいつア……。ああア、山ン中アたしかに冷えるだなア、よかった

ら、おらのほうへ、もっと寄ンなさろ」
民「ハイ、ではお言葉に甘えまして……」
女「へーエ、江戸の娘さア、肌ァスベスベとして柔《やわ》ッこいのう。フーン、足もスンナリとして……アレま、ここにくッつかってるもの……こら、アンだ、男のもンみてえだが……」
民「ハイ、女の一人旅、無用心でございますから、用心のために男の物をつけまして……」
女「あア、そうしなせえ、そうしなせえ。女だと見ると、悪《わり》いやつらがツケ狙うでの。フーン、こらだんだん大きゅうなって、おらが亭主のものより、よほど立派だ――」
民「お恥ずかしゅうございます。では、ごめん遊ばせ――」
と、また乗っかっちゃって、シタタカにいただいちまった。女房のほうも、途中で男と気がついたが、どうすることもできない。
あくる朝は早くから、爺が馬の支度をして待っております――。
爺「やア、ゆうべはよく眠れただかね。今日はおらがそこらまで、馬でお送りするだ」
民「ま、何から何までありがとう存じます」
馬に民弥を乗せまして、爺がその口をとり、途中の辻堂のところまで参りますと、爺「えッ、どうだね、あの辻堂で、一休みしねえだかね?」
と、辻堂の中へ入りましてネ、
爺「なア、お嬢さんや、こう二人っきりになったところで、なア、おらが何を望んでッか、おわかりになるべえヨ」
民「まッ、な、なにをなさいますの?」
爺「トボケちゃいけねえだ。おら、初めッからおめえにゾッコン来てるだ。ゆンべは女房と娘がいたで、果たせなンだが、ここでおめえをいただいちまおうって寸法だアな」
民「まア、それはごムリでございます。いただくなら、私のほうがいただきます」
爺「おほッ、こら面白え。いただかれようでねえだか。おらア、どっちでもええだ」
民「じゃ、おう、爺《おやじ》さん、尻ィ向けろィ」
爺「なに、尻を!! 女に、男が尻ィ向けて、どうするこンだア?」
民「四の五と言わねえで、ほらよッと……ついでに、いただいちまうからナ!」
というと、嵐民弥、女形ですが、小力《こぢから》があります。百姓爺をうつむけに転がすと、フンドシを外し、後ろッからスカスカスカ……。
爺「うわア、痛え、痛え、こら、おめえさん……女だてらに何をするだ!? こら痛え!」
民「ハハハ、爺《おやじ》、もうすンだぜ、あばよ!」

てんで、民弥はパーッと行ってしまう。
爺「おう痛え、畜生、何しゃがっただ、ケツのあたりィズキズキしやがるだ。江戸の女というもなア……おかしいだナ、あんな女ってあるもんでねえ！」
しょンぼり馬を引いて家へ帰ります。
女「アレま、父っつァま、えろウ早かっただね。お送りして来たかね？」
爺「ウーン、まアな。……フーン、なンでえおめえたち、かたまって、ヘンな目つきして、モジモジと……。おう、お花、おめえ、ゆうべ、あの旅の人といっしょに寝《やす》んだな？」
花「あい」
爺「なンぞ変わったこたアなかっただか？」
花「え、あのォ（モジモジして）……いいえ！」
爺「フン、いいえか。……おい、おっかア。おめえは、そのあとで、あの旅の人といっしょに寝《やす》んだだなア？」
女「あア、そうだ」
爺「なンぞ変わったこたアなかっただか？」
女「ええエ、ウーン、あの（モジモジして）……いいえ！」
爺「ケッ、また、いいえか……」

今度は、娘が父親に、
花「ねえ、お父ッつァまよオ……」
爺「あンだよ?」
花「お父ッつァまは今、あの人ォ送ってッて、なんぞ変わったこたア、なかっただか?」
爺「えッ、おらが?……いや、あの(モジモジして)……いいえ!!」

艶色古川柳

毛を剃《そ》るととんだ大きな物に見え
(毛じらみ退治に思い切って丸剃り。女性の場合は「大きな口があき」)

女湯の湯番ひねもす握《にぎ》ってる
(女湯の番台に坐っているのは男。女湯が混むとき、勃起の一物をにぎる始末)

故郷へ錦

えー、「親孝行したいときには親はなし」なンて申しますが、親がピンピンしているうちは、親孝行するのは、なかなか難しいようで、せいぜい高等学校に通ってるぐらいの年ごろで、女の子なンぞ連れ出して、金ェつかったりして親に心配をかける。なンだって親不孝なくせに、コウコウ生というのかねエ。

そのくせ、口だけは達者でしてナ、

「いやネ、なに、心配ごとのあるうちは、気を張ってるからネ、これで心配ごとがなくなると、気がゆるんで、ガックリいっちまうことがあるのサ。親に心配かけるのも、言ってみりゃ、親孝行だヨ」

なんて、ヘンな親孝行もあるもんで……。

えー、昔、江戸におりました、扇屋藤七《おうぎやとうしち》という男……こりゃァ正真正銘かけねなしの親孝行で、ええ、親孝行大会があったら、毎年チャンピオンになろうてェくらいの親孝行……。小さいときに父親に死なれ、へっつい河岸《がし》の裏長屋に、おっ母さんと二人っきりで住んでおりましたが、ある日、深川の佐賀町《さがちょう》に、うちわ扇の地紙のおろしをしている……伯父さんてェ人をたずねます。

藤七「……伯父さん」

伯父「おう、藤七か。珍しいナ。おッ母さんと二人でか……え、一人で？　遊びに来たのか？」

藤「いいえ、伯父さん、あたしにも、働ける仕事はないでしょうか？」

伯「エ、仕事？　おまえがかい？　どうしてだ？」

藤「ハイ、おッ母さんが、毎日毎日手内職をして、疲れるので、気の毒でなりません。少しでもおッ母さんに楽をさせるために、働きたいんです……」

伯「フーン、おまえ、当年とっていくつだ」

藤「ええ、ないンです」

伯「ない？　年がないってことがあるか。当年とっていくつだ？」

藤「ですから、十年《とおねん》をとっちゃうと、なくなっちゃうんです、今、十歳《とお》ですから……」

伯「何を言う……当年とってとは、今年《ことし》いくつだということだ。ほほう、すると、今ア十歳か?」
藤「ハイ」
伯「えれエなあ。同じ年ごろの子供が、竹馬だ、ベイゴマだと遊び回っているときに……。よしッ、わかった。仕事をやろう」
藤「伯父さん、ありがとう、何をやるんですか?」
伯「何をやるったって、うちわを貼ることもできねえし、扇を折るったって無理だ。そうだ、うちわ売って歩け。うちわなら軽くっていい。なるべく歩《ぶ》がいいようにオロしてやろう……」
藤「ハイ、おねがいします」
伯「いやァ、感心なもンだ。この年でうちわを売って歩く。できねえこった。隣近所にも吹聴《ふいちょう》しておこう……」
藤「伯父さん、それはやめて下さい。これはうちわの話ですから……」
伯「何いってやがる……」
これより藤七がうちわを売って歩く。
売り声「エー、さらさうちわやア、奈良《なら》うちわ。本渋《ほんしぶ》うちわア、奈良うちわ……」

いたいけな姿で売り歩くから、よく売れる。売った銭は、みんな家《うち》の用に入れて、自分のことには使いません。あまったら、おっ母さんの好きな甘いものでも買って帰る。

何年かたちますと、これが、日本橋の大きな扇屋の旦那の目にとまりまして、奉公をする……この藤七が、すばらしい美男子に育ちました。ええ、光源氏《ひかるげんじ》か業平《なりひら》かてェぐあいで、あの世で評判を聞いた在原《ありわら》の業平が、藤七を一目《ひとめ》見ようってんで、幽霊《ゆうれい》になって、隅田川へ迷って出たところが、自分よかはるかにいい男なもんですから、くやしがってネ、地団《じだん》太《だ》ふんだところが、足ァねえもんだから、ズドンと尻餅ついちまった……てェくらいの男前でございます――。

男ッぷりを買われまして、今度は扇の地紙《じがみ》売りに出る。昔はこの、地紙売りというのがなかなかイキな商売でしてナ。派手な単衣《ひとえ》もんを着て、夏でも足袋ィはいて、雪駄《せった》を鳴らして歩きます。肩には、こう……扇型をしました箱を三つばかりかついで、

「地紙ィ、地紙ィ……」

と呼びながら回って歩く。

箱ン中には、扇の地紙と骨がバランバランに入っていまして、呼びとめられた家で、注文によって、器用に地紙を折りましてネ、骨をさして一本の扇子《せんす》に仕あげる。なかなか手さばきのあざやかなものだったそうでございます――。

そのうえ男前だから、お屋敷の女中衆は大さわぎ。
女中甲「ちょいと、お前さん、そろそろ地紙売りの藤七さんが通るころだよ。気をつけて買いそこなわないようにしなくちゃ……」
女中乙「なンだねえ、おまえさんは昨日もおとついも買って、もう扇のご用はないだろ」
甲「そんなこといったって、あたしゃ寝てもさめても藤七さんのことが忘れられない。扇なんかいくらあってもかまわない。あまったら台所で、ぬかみそにでもつけて……」
乙「つけものの話じゃないよ」
女中丙「ねえ、あたしなんぞは、なおたいへんだよ。買った扇が、もう押し入れにも入り切らずに、部屋ン中に山となって、あたしゃ寝るとこもないくらいなんだヨ」
乙「フーン、おまえさんたちはそういうけどねえ、なンといっても、藤七さんに肩入れてるのは私が一番だろうネ。なにしろ、生まれたときからなんだから……」
甲「生まれたときから……ほんとかい？」
乙「あア、生まれてすぐに、藤七さんを呼んだのさ」
甲「へーエ、どういって？」
乙「オーギャー（扇やア）……」
甲「バカバカしいこと言わないでよ」

丁「うるさいわねえ、おまえさんたち、寝られやしないじゃないか……」
甲「おや、藤七さんが来ようというのに、昼寝なんかしている人がいるよ。お松さんは、藤七さんが気にならないのかい？」
丁「気にならないどころか、あたしゃここンところ毎晩、藤七さんと首尾（うまいこと）をしているからねえ、寝不足でたまらないのサ……」
甲「えーッ、藤七さんと首尾を……ほ、ほんとかい？」
丁「あア、そもそもの出会いがねえ、私が扇を折ってもらったとき、扇をわたす藤七さんと手と手がさわった。そのまま藤七さんは手をひっこめずに、ジーッと私の手をにぎってねえ……」
甲「へー!?」
丁「〝あア、私はあなたのようなお女中に会ったことがない〟と言われたときには、私の顔にはモミジが散った……」
乙「モミジの散る顔じゃないねえ、八ツ手の葉っぱでも貼りついたんだろ」
丁「たがいに見かわす顔と顔、藤七さんの鼻息が荒くなる。私の鼻息も荒くなる。二人の鼻息がブツかって、竜巻《たつまき》がおこってネ、地紙がみんな空に飛んでっちゃったのよォ！」
甲「いいかげんになさいよ、バカバカしい」

丁「それから二人で手に手をとって、忍が岡《しのぶおか》（上野の池之端）の出会茶屋《であいぢゃや》、通された四畳半にはねえ、ほんのり枕行燈《まくらあんどん》がともって、夜具は友禅緋縮緬《ゆうぜんひぢりめん》……そんときの気持ち、わかるだろう？」
甲「あー、うらやましいわア。それから？」
丁「それから藤七さんが、一方の手をあたしの胸もとへ、一方の手をあたしの恥ずかしどころへすべりこませて……藤七さんの指ってふしぎなんだよ。一本さわるとビリンとし、二本さわるとゾクンとし、三本さわると、体がバラバラになりそう、四本目にはグラーッとし、五本さわってガタッと気が遠くなる。ビリン、ゾクン、バラバラン、グラーッ、ガタアー……」
甲「ま、大変な騒ぎだねエ、それから？」
丁「それから、おまえさんがたがうるさいから、目が覚めたんじゃァないか」
甲「なンだ、バカバカしい、夢なのかえ。それだけ一心に話したんなら、ほんとのことがひとつぐらいありそうなもんだがねえ……」
丁「ほンとのこと？……あア一つあった」
甲「えッ、どんなこと？」
丁「（前を押さえて）腰布《したのもの》が、すっかり濡れちゃってるよ、かわかしてこよう……」

てんでもう、たいそうな評判――。

ところが、藤七は、こうした女たちにも見向きもいたしません。仕事が終わると、おッ母さんの好きなものでも買って、サッサと家へ帰る。

藤「おッ母さん、今日はお疲れではなかったでしょうか。藤七、もうすぐ一人立ちになって、おッ母さんに楽をさせます。もう少しご辛抱なすって下さい……」

と、なにかといたわる……。

二十《はたち》を過ぎましたころ、旦那の後ろだてで、入船《いりふね》通り、長谷川町《はせがわちょう》に、小さな扇屋の店を持ちました。商売は派手でございますが、藤七、暮らしはまことに質素でございます。木綿《もめん》のものしか着たことがない。折々は母親を、春は花見、秋は月見、ご縁日《えんにち》などの物詣《ものもう》でなどに連れ出しますが、自分のための遊びには出たことがない。朝から晩まで働きますから、店はどんどん大きくなる。

年ごろになって、嫁を世話しようとする者が現われますが、そのたびに、

藤「まことに、ありがとうございますが、たった一人の母親が、ほんとうに楽隠居《らくいんきょ》できますまでは、私は女房を持ちません」

といって、断わる。

ある年の秋でございます。どうしたことか、母親のおたみが、病《やまい》の床につきまして、日

に日に衰えるばかり……。すぐに医者にも見せましたが、どの医者も首をひねり、
医師「うーん、この病だけは、拙老《せつろう》には、ちとわかりかねる」
と言ってサジを投げる。孝心厚い藤七が、神社仏閣に願《がん》をかけたりしていますうち、何人目かの医者が、
医者「あー、藤七どの、こりゃァ、他の医者がわからなかったのも、無理はないナ……」
藤「えっ、おッ母さんの病気はなんでございます？」
医「恋病《こいわずら》いじゃ……」
藤「恋病い？　おッ母さんほどの年でも、そのようなことが？」
医「母御はおいくつかな？　四十五歳？……いやァないことではないな」
藤「で、相手はだれでございます」
医「医者も、そこまではわからん。いや、この病はナ、このままでおけば、次第に体力をすりへらし、かならず命を落とす。早う相手をさがしあてて、思いをとげさせるほかに方法はないぞ」
と言いおいて医師《せんせい》は帰ります。あとに残った孝心深い藤七が、
藤「あァ、知らなんだ。おッ母さんに楽をさせることばかりを考えて、おッ母さんのお心の悩みまで気づかなかったのは、藤七の不覚、おッ母さん、お許し下さいませ……」

といっても、息子の身で、母親にはどうも聞きにくい。そこで佐賀町の伯父さんてェ人が、頼まれてやって参ります。
伯「あー、おたみさんや、話はいろいろ聞いたがナ……」
母「ハイ、めんぼく次第もございませぬ」
伯「いやいやいやいや、気にすることはない。〝あってさえ、いわんや後家においてをや〟などというてナ、いや、亭主が死んで、二十年、今まで、ようも辛抱しておったと、わしは感心していたくらいじゃ。この辺で一花咲かすのも、悪うはないて……」
母「伯父さんがわけ知りで、ほんとうに助かりますでございます……」
伯「だからナ、わしにだけ言いなさい。え、悪うはせぬ。えッ……」
母「ハイ、それがどうも言いにくうて……」
伯「そりゃァ言いやすいことではない。だれだな？　角の薪《まき》屋かナ。あそこの亭主は去年女房を亡くして、ちょうどヤモメだ」
母「いいえ、あんな、鼻のアグラをかいた人は好きませぬ。見ていると、鼻の孔《あな》へ吸いこまれそうな気がいたします……」
伯「吸いこまれちゃいかんナ。おお、では、よくこの辺にたち回る刻み煙草《たばこ》売りではないかな？　あれはなかなか、女に親切な男じゃでな」

母「とんでもございませぬ。あんな、カシナズ！」
伯「えッ、カシナズたアなんだ？」
母「この前、あの煙草屋の顔に、やぶッ蚊が三匹、並んでとまっておりました。煙草屋が思いきって、手でひっぱたきましたが、一ぴきも死にませぬ。どうしたのかと、よく見たら、蚊が一ぴきずつ、あばた面《づら》の、あばたの孔《あな》の中へ避難しておりました。あんな、あばたの男は大きらいでございます……」
伯「おまえさんは、いい年をして、なかなかの面《めん》くいじゃナ。それでは、だれじゃ？」
母「あのう、よその人ではありませぬ。身内の者でございます」
伯「身内？……も、も、もしや、わ、わ、わしではないか？」
母「ご冗談を。親戚《しんせき》中のものは、あなたのことを、〝もう三河万歳だ〟と申しております
――」
伯「三河万歳？　そら、どういうことだ？」
母「ハイ、門口《かどぐち》にさしかかると、おジギしてしまいますそうで……」
伯「くだらねえこと言やがンな、おもしろくもねえ。それじゃ、わしにも見当がつかん、思いきって言いなさい」
母「ハイ、では、恥を忍んで申しあげます。じつは……あのウ……藤七でございます」

伯「えッ、藤七！　ここの藤七か？」

母「ハ、ハイ……」

伯「藤七なら、おまえさんの息子ではないか⁉」

母「ですから、これまで口に出せませんでした。ハイ、じつは、こういうわけでございます、お聞き下さいませ」

伯「ウーン……」

母「今年の夏のことでございます。藤七は庭で行水を使っておりまして、私は、部屋《へや》で縫いものをしておりました……」

伯「フンフン……」

母「すると、突然、戸袋《とぶくろ》のかげから、鼠が一ぴきとび出して参りまして、私はご存じのように、鼠は大きらいでございます。思わず、〝キャーッ〟と叫びました」

伯「なるほど」

母「〝おッ母さん、どうしました？〟ととびこんで来た藤七に夢中でしがみつきましたが、ハッと気づくと、藤七はまるはだか……」

伯「そらァそうだナ、ウムウム……」

母「子供だ子供だと思っていた藤七の、いつのまにやら、その筋骨《きんこつ》のたくましさ。見あげるあごのひげのそりあとも青々として、死んだ夫に瓜二つ。思わず、恥ずかしさに、下うつむくと、藤七の股の間から突き出ているものが、どうでございましょう、色といい姿といい、やはり死んだ夫に、瓜二つ……」
伯「フーン、そういうものかなあ……」
母「こんなことは、伯父さんの前でなきゃ、申しあげられません」
伯「どうして、わしの前なら言える？」
母「だって、三河万歳でございますから」
伯「こら、よけいなことをはさむでない。フーン、それがおまえさんの恋病いか？」
母「ハイ、人倫《じんりん》にそむいた畜生《ちくしょう》の道とは知りながら、それからは寝ては現《うつつ》、覚めても夢……藤七の姿が目について離れませぬ。たった一度でいいから、首尾をしたいと……この通りの始末でございます」
伯「ウーン、こりゃ驚いた。こりゃァ、さすがのわしも分別が出ぬわい。ウーン……」
　もう、本人に聞くよりほか、しようがないってんで、伯父さんは、藤七のところへ参りまして、一部《いちぶ》始終《しじゅう》を話します。聞いていました藤七が、
藤「伯父さん、それは一回っきりでよいのでしょうか？」
伯「うむ、おッ母さんはそう言うてる」

藤「わかりました。おッ母さんの命を助けるほうが大切でございます。一度でよいなら、おッ母さんの願いをきき入れましょう」
伯「えーッ、それなら、おまえは現在のおッ母さんを抱くつもりか？　義理の母子《おやこ》ではないぞ、生みの母親じゃぞ！」
藤「ハイ、ですから、私は、おッ母さんの、アソコから生まれました。母親を抱くと思えば、心に咎《とが》めます、これは、里帰りでございます」
伯「なに、里帰り？　ウーン、里帰りか……おまえはうまいことをいうな。いや、里帰りならよろしかろう。では、わしは、知り合いに蓮茶《はすちゃ》をやってるものがおるから、場所の用意をしよう……」
蓮茶というのは、蓮《はす》の茶屋のことでございます。上野不忍池《しのばずのいけ》の蓮池につき出して、何軒もお茶屋ができておりまして、これを蓮の茶屋ととなえました。えー、たがいに想い合う男女が、ここで忍び会うて、思いをとげたものでございます。〝忍ばずの池に忍んで行くとはこれいかに……〟てェ謎々《なぞなぞ》がありましたくらい――。
吉日をえらびまして、母親のおたみが一足先に蓮の茶屋に参ります。息子とはいえ、久しぶりの男でございますから、寝化粧もじゅうぶんにいたしまして、昔、死んだ亭主に嫁入りましたときの、緋の長繻絆を身にまとい、夜具の中に横たわって、待っております。

あの日から、目に灼《や》きついております息子の藤七の身体《からだ》を思いうかべますと、はや、内ものの間がしっとりうるんで参りまして……。

えー、しばらくして、藤七もやって参ります。このほうは、いつもの木綿物の小袖でございますが、湯浴《ゆあ》みをしまして、元結《もとゆ》いキリリとしめあげまして、一段と水もしたたる男ぶりでございます。

母「藤七や、わがままいうてすみませぬ、ゆるしておくれ、のう……」

藤「おッ母さん、お気づかいには及びません。おッ母さんが手塩にかけて、お育てくださいましたこのからだ、さア、ご存分《ぞんぶん》に、遊ばしませ！」

孝心深い藤七が、バラリ……と着物をぬぎすてますと、えー、下に締めております下帯、これが目にもまぶしい錦織《にしきお》りでございます。

母「おお、藤七、そ、その下帯は？」

藤「ハイ、今日の晴れ着にと、わざわざ注文をして、作らせました」

母「まア、日ごろ質素なおまえに似あわぬことと思うがねえ……？」

藤「ハイ……しかし、おッ母さん」

母「エッ？」

藤「故郷《こきょう》へは、錦《にしき》を飾れと申しまする――」

クイ違い

えー、落語家《われわれ》の仲間にも、いろいろと、この……隠語《いんご》、符牒《ふちょう》みたいなのが、ございます――。

女のことをタレと申しますナ。ときにゃ、女のあの部分ズバリをタレということもございますが、こりゃまア、あまりよくない使い方で……。ハクいというと美しいという意味で、ハクいタレというと美人ですナ。芸者をシャダレ……なンといってみたり、年増《としま》の女を、略してマダレ……といったりいたします。おばアさんを、バーダレ……なんてのは、ちょっと、申しわけないいい方ですが……。

反対に、男のほうじゃ、この……男の持ってる道具のことを、ロセンと申します。どういうわけで、ロセンというのか、よくわからないんですが、船頭さん仲間のことばから来たんじゃないか……てェ人もございます。

舟を動かすのに、櫓《ろ》を押す、あの櫓をひっかけてささえるところが、舟からこう、グッと突き出しております……あれを櫓栓《ろせん》、櫓の栓というんだそうで、船頭さん仲間じゃ、別の名前で、櫓マラ……なんていうそうですナ。そっから来たのかどうか、学者の先生にうかがわなくちゃ、わからないんですが……。

あたしどもの仲間に、ちょいと小粋な顔だちの男がありまして、若いころから女の子に人気があったんですが、そいつが二ツ目の時分——。仲間と日の暮れ方、寄席の裏かなんかで集まっておりましたが、
落語家甲「おう、おれは、ちょいと、今日はこれで帰らしてもらうぜ」

立ち上がったもんですから、悪いやつらばっかりで、さっそくヤイヤイ言い出します。

落語家乙「おうおう、まだ、宵の口だぜ。ええ若いもんが、こんなに早く家へ、ひっこむと、ロセンが夜鳴きするぜ、エ?」

落語家丙「夜なかに、ひとりで淋しく、ロセンをなでたり、サスったりしてるなア、ほんとにヨ、みっともいいもんじゃねえぜ」

わァわァと送り出したあとで、そばに落語ファンのいいとこのお嬢さんがひとり……女子高校生かなンかが、おりましたんですが、

娘「あの、ロセンってなンですか?」

いや、モノがモノだけに、みんなギョッとしたんですが、中で気ィきかせたヤツが、

乙「あア、あのネ、ロセンてのは、われわれの言葉で、犬のことなんですヨ」

娘「アラ、犬ですか?」

乙「ええ、今、帰ったあいつはね、うちに、犬を一ぴきかわいがっていましてネ、だから、まアあア言ってからかったんです、ええ」

ゴマかしちゃったんですが……。

ところが、二、三日して、そのお嬢さんが、この二ツ目の野郎と、喫茶店で、デートをしたんですナ。いろんな話してェるうち、

娘「ねえ、あなたのロセン、一ぺん見せて下さらない?」

甲「えーッ、ぼ、ぼくのロ、ロセンを?」

娘「ええ、見たいわア! きっと、かわいらしんでしょうねえ、そのロセン……」

甲「い、いや、か、かわいいってもんじゃないんですけども……。あンた、そんなモノ見たいんですか?」

娘「え、とっても! あたし、ロセン、だアい好き!」

甲「あ、あ、あの……そ、そんなこと言っていいんですか?」

娘「どうして？　あたし、毎晩、ロセンを抱いて寝るくらいなのヨ」
甲「ロ、ロセンを抱いて……？　そ、そんなバカな、ま、まさか、そんな……」
娘「ほんとよ。あなた、知らないの？　あたしだって、ロセンを持ってるのよ!!」
甲「ぎゃァー……」
ってんで、野郎は逃げ出しちゃったてんですが、まア、ひどいことをしたもんでございます……。
あるところに、このロセンが、たいへんに立派な人がございました。大は小をかねると申しますが、こればっかりは、あまり大きすぎると、どうにもならない。年ごろになって、いくら嫁さんをもらっても、みんな一晩で逃げ出してしまう。
男「あア、おれほど不幸せな人間はいない。人なみな生活が送れないのなら、いっそのこと、命をちぢめて……」
とまで、一時は思いましたが、
男「いや、いや、そうではない。世の中は広いんだ。どこのどンなところに、このおれと、ピッタリ合う女が、いないとも限らない。そうだ、一生かかっても、そういう相手をさがし出そう……」
決心をしまして、えー、家屋敷から田畑《でんぱた》まで売り払い、これを費用にして、旅に出ました。まア、いわば、ロセンの武者修行でございますナ。
だんだんと国々をめぐり歩いて参りまして、ある川にかかった橋を渡ろうといたします
と、橋の欄干《らんかん》に一人の若い女がもたれて、サメザメと泣き沈んでいる。
どうしたんだろうと、しばらく眺めていますと、やがて小石を拾ってたもとへ入れる
……。お決まりございます。
女「なむあみだぶつ……」
パーッと川へとびこもうとするところへ、ダーッと駈け寄りまして、
男「おっと、待った待った待った、お待ちなさいッ……」
女「離して下さい。死なねばならぬ理由《わけ》がございます」
男「まァまァまァ、どういうわけか存じませんが、死んで花実《はなみ》が咲くものじゃァない。よ
ろしかったら、そのわけを聞かして下さいナ。及ばずながら、お力になれるかもしれませ
んから……」
と、だんだんになだめまして、
女「ご親切にありがとうございます。それではおことばに甘えまして、お恥ずかしいわけ
を申しあげます」
男「フンフン、えー、うかがいましょう」

女「じつは、妾《わたくし》……申すもお恥ずかしゅうございますが、女としての持ち物が、人なみはずれて、大きいのでございます――」
男「ほうほう、ほう!!」
女「そのため、どこに縁付きましても、お婿さんはみんなびっくりいたしまして、一晩で追い出されてしまいます。人なみのしあわせを得ることもできず、泣き泣き暮らすよりは、いっそひと思いに……と思いつめたしだいでございます」
男「ウーン、驚きましたなア。いや、よく似た方もあるもんだ」
女「えッ、よく似た……とおっしゃいますと？」
男「なにネ、じつァ私もネ、大変に、ロセンが……ええ、男の持ち物が大きいんですよ。で、次から次へとお嫁さんに逃げられてしまう。で、やっぱり、一ぺんは世をはかなんだりしましたが、思い直して……ええ、国々をまわって、あそこの大きな女で、私と合う相手を見つけようと、旅をしているところなんで……」
女「まーア、あなたさまもそうでございましたか。そんなお方とお目にかかれるなんて、神仏のおひき合わせ……」
男「いや、前世の因縁てェやつかもしれませんナ。しかしまア、いくら大きいといったって、合うか合わぬかためしてみなければわからない。ひとつ、お手合わせを願いたいもんですナ」

女「望むところでございます。でも、この橋の上では、人の目もございます。あれなる原っぱでお願い申しあげます」

てんで、二人、手ごろの原っぱへ参りましてナ、

男「では、参りましょうか？　お手やわらかに……」

女「あ、ちょっとお待ち下さいませ」

男「ここまで来ておきながら、臆《おく》されたのか？」

女「いえ、そうではございませぬ。いくら原っぱでも女のたしなみ、少々お待ち下さいませ……」

ッてんで、前をちょいッとまくりましてナ、股倉の奥から、しまってあった竹ぼうきを一本とり出しまして、サッサッサッサッと、あたりをはいております。

男「あっ、あんなところから、竹ぼうきを出した。なンと大きなもンだろう……」

呆気にとられて見ていると、今度は、やはり奥から、枕を二つ出しましてナ、最後にグーと股を拡げると、四幅布団《よのぶとん》（並幅四枚分の布でつくった布団）を一組、ズルズルズルズルッとひっぱり出しまして、サッと敷き出しました。

男「いや、こらいけねえ、こんなでッかいのを相手にしたんじゃ、マルごと呑まれっちま

う、こいつァ大変だ、逃げよう！」

ッてんで、野郎ァサーッと逃げ出した。

女「あっ、どこへいらっしゃるんですか。ま、逃げるんですかッ。ここまで来て逃げるとは男として、あまりに卑怯千万《ひきようせんばん》な……。返せェ、もどせえーッ……」

と、女ァ、どんどん、追っかけて来る。

こっちは、つかまったら大変だッてンで、もう、ドンドンドンドン逃げて行きますが、

女「待てエ、待てエーッ……」

ドンドンドンドン、どこまでも追っかけて来る。もとの橋のところまで逃げてきまして、進退きわまった野郎が、橋の欄干から川の中へ、ザブーン！……と、とびこんだ。

これが急流でございます。アップアップアップアップアップ……と苦しみもがきまして、なんかこう、つかまるものはないかと、ヒョイッと見るてェと、わきに大きな杭《くい》が出ている。

男「あッ、これはありがてえ、天の助けだ！」

夢中ンなって、その杭にしがみつきまして、よくよく見たら、てめえのロセンに、かじりついておりましたという『クイちがい』でございます……。

喜六「ヘイ、旦さん……」
甚兵衛「おう、喜六か。えらい、すまんな、急に呼びたてたりして……。よう来てくれた」
喜「ヘイ、なンやこう……えらいお急ぎの用でおますそうなが、どんなご用でおます？」
甚「あア、あのな、ちょっと、和歌山までナ、手紙持って行《い》てもらいたいのや」
喜「あー、よろしゅおます、承知しました」
甚「たのむ」
喜「ヘイ、ほなら、これから帰って、ちょっと着物など着替えて……」
甚「あ、いやいや、そうしてもいられんのや。それが、まことに急《せ》いた用でナ、ここから、そのままで行《い》て来てもらいたいのじゃ」

喜「えらいまた、急くのンでんな」

甚「あア、もう、ごく急く用事でナ。そのままで……そのままで行て——」

喜「あ、さよか。ヘイ、承知しました。ほなら、お手紙を……」

甚「あ、手紙はこれ……」

喜「へ、どうも……」

甚「落としなや」

喜「いやア、大丈夫。ほな、行て来ま……」

甚「あ、おい……。なンや、尻からげもせんと、ゾロゾロとしたまンまで……」

喜「へ、尻からげせな、いきまへんか？」

甚「いけまへんか……て、おまえ、わからん男やな。急くのやで、歩いて行くのやあらへんでエ。ドンドンドンドンと走って行《い》てもらわんならんで……」

喜「あア、さよか。いや、その……走れとおっしゃるんなら、そら、ワテは走るのが自慢でッさかいナ……」

甚「サ、そやさかい、おまえを頼むねン。なア、おい、なんぼなんでも、そないゾロゾロと……裾をば長うして行くことあるかいな。尻からげせい」

喜「へー、それが……なンでやすネ、ちょっと尻からげがしにくいので……」

甚「なンでや?」

喜「なンでて……ふ、ふんどし……してしまへんので……」

甚「アホやな。男だてらにおまえ、ふんどしをば忘れたんか!?」

喜「男だてらやさかい忘れたんや。女《おなご》だてらやったら、ふんどし忘れようとて、はじめからしよらへん」

甚「そんな理屈いわんかてええわい。かまへんやないか、ナ、そこで、ふんどし、せい」

喜「へーえ、そら、ふんどしせいとおっしゃるならしますがナ、わてがふんどしすると、この……セガレが顔出しますのや」

甚「えーッ? また、おまえのは長いのやなあ……」

喜「へえ、長いので、わて……困ってますのンや。わたいは、あんた……これ、なンだんね、女房《かか》とスルときかて、その……女房《かか》が怒りまンねや、〝底を突く。でかいわア!〟……ほイで、ちょと考えてナ」

甚「どない考えた?」

喜「こう……ツバ入れてしまンねん」

甚「ツバ? なンじゃい、〝ツバ〟て」

喜「いえ、この……にぎりまんね、根もとをナ（と、右手を前にあてて、にぎるしぐさ）根もとをにぎって、ほいで、こう……しまンね」

甚「ほーう、よっぽど長いねンやなア。それが、鍔《つば》か？」

喜「ええ、あんた、刀の鍔ね。ちょうど、刀に鍔があるように、こうやって、にぎってしまンね」

甚「ほう、そうか、それで、チョウドか？」

喜「ええ、するとナ、あんた、うちの女房《かか》もちッさいほうやおまへんで、大きおまンねん。すると、良《よ》うなって来るとナ、〝三味《しやみ》線《せん》ボボ〟になりまンねん」

甚「なに、ボボやて？」

喜「三味線ボボ……」

甚「なンじゃい、三味線ボボ？」

喜「へえ、女房《かか》がなア、怪体《けったい》な声出して、〝手ェとって、手ェとって……手ェとって！テートッテン〟……て言いまんね。エへへ、テトテン、テトテン……となるので、これ〝三味線ボボ〟！」

甚「ああ、おもろいなア、テトテン、テトテン、テエとって……か。おもろいな。……えらいまた、長いのやなァ、おまえのは……。大は小をかなうというさかい、ま、それもええがナ。そしたら、まア、下から顔を出すのやったら、上へ向けて、帯をグッと締めたらどうや？　セガレを上へ向けて……」
喜「上へ向けたら、あんた、アゴを突っ張ります」
甚「アゴを突っ張る？　そらア長いなア……。ほなら横手へ回し」
喜「横手へ回したら、袖口から首出します」
甚「蛇《へび》やがな、それじゃ……。なんぞ、工夫ないか？」
喜「こう……四つに折って、腰ィはさみまひょか？」
甚「手拭いやがナ、そういうたら……。ま、どないなとして、行て来てくれ」
喜「へ、よろしゅおます」
甚兵衛はんの頼みをうけました喜六が、これから手紙を持ちまして南を向いて、一生懸命に（扇手をにぎって肩にあて）、
〽ドッコイサノサ、ドッコイサノサ……
（チトチトテンテン……お囃子《はやし》「韋駄天《いだてん》」のにぎやかな鳴り物に乗って）
〽ドッコイサノサ、ドッコイサノサ……
喜「……あア、だいぶ走ったなア。うーッ、う、う…さア、こら大変や、しょンべんしと

うなったでェ。旦さんが、あアやかまし言うてはったんやさかいなア、しょンべんする間をチッと立ってるのも、忙《せわ》しないなア……。えイ、どうせ後先《あとさき》に人もおらへんのや、走りもって（走りながら）、やったれ！」

ちょうど長いやっちゃさかい、間に合います。根もとをこうにぎって、大きなやつを前ェ向けて、走りもって、

しょんべん一丁、クソ八丁、ままよ、エッサッサのジャージャー、エッサッサのジャージャー……。

右左《みぎひだり》にふりとばしながら参ります。

拍子《ひょうし》のわるいときは、しょうのないもので、ちょうど道ばたのくさむらの中に、一ぴきの狐《きつね》が寝とおりましたが、その狐の頭へザアーッとひっかかった――。

そんなことは、こっちは知りません。ドンドンドン走って行てしまう。あとで狐ア、

狐「（芝居がかりで）ア、悪いヤツなア」

（テーン、ドロドロドロ……と、囃子「雷序《らいじょ》」〈歌舞伎「吉野山」の狐忠信などで、狐の出入りの際の鳴り物〉がはいる）

狐「ア、不浄なものをかけやがって――。おい、これ、チョマ公、来い、来い……」

子狐「お父っつァん、なんや？」

狐「あア、今のあの飛脚のヤツがナ、大けな一物《もん》から、おれにしょンべんかけやがったで、おれは腹がたってかなわんのじゃ」
子「そうかー。悪いやっちゃなア、お父っつァんの頭にしょンべんかけたかー。それで、お父っつァん、どないするのや？」
狐「仕返しに、おれはひとつ、あいつをダマそうと思うのや」
子「だましたろ、だましたろ。それで、どないにだますのや？」
狐「あいつの帰りしなにナ、お姫はんに化けて、あの飛脚をば、寝床《ねま》へ入れて、そうして、お姫はんと、於女子《おめこ》をしようということにするのや」
子「ハーン、おもろいこと考えたナ」
狐「そうしてナ、お姫はんの於女子に、ズバーッと、あの大きやつを入れたらナ、そいつを、ガブーッと嚙み切ってしまおうと思うのやが、どや」
子「お父っつァん、そら、ええ考えや。おもろいやないか、やろ、やろ！　そいで、お父っつァんが、なにか……嚙むのか？」
狐「いや、おれはナ、お姫はんのほうに化けるさかい、おまえは、おれの股倉《またぐら》へはいって、口をこう開けて（口をパクとあけて見せる）……おまえが、於女子になって、あいつの一物を、ガブッと嚙み切るのじゃ」

子「よし、わかった、おもろい、やろ、やろ」
という ことになりまして、狐は一族を集めて用意をいたします。手紙を先方へわたしての帰り道、飛脚の喜六のほうは、そんなこととは知りまへん。
〽ドッコイサノサー、ドッコイサノサー
（「韋駄天」の囃子が入って）
喜「あれ？　なンや、立派な御殿《ごてん》が建ってあるなア。こんなとこに、御殿があるはずがなかったがなア。道を間違えたというわけではなし……」
ほッと門前を見ますと、水撒《みずま》き奴《やっこ》というやつ……よう歌舞伎《しばい》でもいたします。奴が水を撒く、一人が箒《ほうき》でこう……はきます。
奴甲「ヤッとマカセのドッコイサ。なんと、可内《べくない》（お前というような意味）、はけどもはけども散り来る木の葉、憂《うた》ていこっちゃないかいのう」
奴乙「やア、ほンにそうじゃが、しかし木の葉が散るので、おいらの仕事もあるというものじゃ。さ、くたびれた。どうじゃ、部屋へ帰って、一服しょうかい」
甲「あ、そうしょう、そうしょう」
乙「ア、来い、来い……」
（チャンリン、チャンリン、チャンリン、チャンリン、歌舞伎仕立ての囃子とともに）

……と、引っこんでしまいます、あとへ腰元が現われますと、表を通りすぎようとする飛脚を呼びとめます。

腰元「あア、もし、どうぞお待ちを……」

喜「へえへえ、なんでおます？」

腰「お急ぎのところと存じまするが……」

喜「ああ、急ぎだすけどもナ、もう、用はすんだンでナ、これから先は、あまり急がいでもかまへんのやが……なんぞ用かいな？」

腰「じつは、てまえどものお姫さまが、あなたさまに、道でご懸想《けそう》（恋い慕うこと）遊ばして、それで、お帰りをお待ちかねなのでございます」

喜「えエ、なんやて？　もッぺん言うてンか!?」

腰「ハイ、お姫さまが、あなたさまに懸想を……」

喜「へー、なに、お姫はんが、わてに懸想を？　懸想いうたら、ホレたちゅうことやないかいな。お待ちかね……へーえ、おかしいことがあればあるもんやなア」

腰「ハイ、それで、お姫さまには、一度あなたさまにお目もじいたしたいとの仰せ、どうぞお聞き届けなさりまして、私について、こうおいで下されますよう……」

喜「へーえ、こんな立派な御殿のお姫はんが？　こらまた、えらい運が向いて来たもんやなア。据え膳食わンは男の恥やイ。よっしゃ、行ったろ」

腰元に案内されて参りますと、立派な御殿でございます。朱塗りの廊下をめぐらしましてナ、庭には泉水に築山《つきやま》、玉砂利を敷きつめてございます。

奥の一間へ参りますと、御簾《みす》(神前などにかけるすだれ)、几帳《きちよう》(室内調度の一つ)のかげに、花のこぼれたような緋《ひ》友禅《ゆうぜん》の夜具を敷きまして、お姫はんが、恥ずかしそうに、寝とおります……。

もう、こっちも若うございまッさかい、たまりまへん。早いとこ一番やってこまそと、夜具の裾をまくって、お姫さんの前をあけますが……、
喜「へーえ、なンやもう、見たこともない着物を着てはるが……あれエ、おかしいな。なンぼ着物をまくっても、於女子の姿が出て来んが、こら、どうなっとんのかいな」

お姫さんに化けとおりました親狐があわてて、
狐「(小声で)おいおい、こら、チョマ公、股倉の中で、居眠りさらしてるやつがあるかい。於女子が出て来ん……ちゅうとるがな。早う出さんかい」

子「あア、そやった。今、出しまッさかい……」

(と、ニュウと口をあけて顔をつき出す)

喜「ヘッ、ホッホウ、出よった出よった! はーン、しゃァけど不思議やなア。お姫はん

の於女子は、やっぱり、普通の於女子と違うナ。たいがいは、この……タテについとるやつが、こう横についてあるが……この於女子は……」

狐「(小声で)おいッ、おいおい……横についたアると言うとるがナ。しょうのないやっちゃナ。タテにせんかい、タテに！」

子「へ、へえ……カッカッカッカ……」

(と、今度は、首を横にネジ曲げ、口をタテにして、カッと口をあける)

喜「よッほほう、こら不思議、タテになりよった。……おう、おうおう、こら、きれいな於女子やなあ。色の白いとこが、ふっくらとして、可愛《かわ》らしい茂みがポチャポチャと……こんな於女子、たまらんなア」

と、大きな、おやかった自分の一物《やっ》を、グッと突き入れようとしますが、狐のせがれのほうでございますから、口がちッさい。

これが反対に、子狐のほうがお姫さんになって、親のほうが、口を開けていればよかった。うっかりと子狐のほうが於女子になったんで、口がちッそうおます。

喜「ちッさいなア。こらア新鉢《あらばち》やナ。はーン、なおさら、これ、けっこうやがナ。あア、わて、たまらん」

と、ぐいぐい押しこもうとする。

狐「(小声で)おい、おい、おい……」
子「あッ、あ、あア、な……なンや?」
狐「なにしてンね、早う食い切らんかい、早う食い切らんかい」
子「食い切らんか……いうたかて、大《お》ッけ……大《お》っけ、大っけエて、口、口に入らへんのや……」
狐「そんなわけないがナ。思いきり口開けイ、思いきり……ワーンと口開け!」
こっちはまた、焦《いら》ってからに、焦《い》ら焦《い》らまかせに、ウーンと押しこんだ拍子に、大きいやつが、のどの奥まではまった、子狐は思わず……、
子「あア、死ぬ死ぬ――」

菊重ね（なめる）

えー、寄席《よせ》でも芝居小屋でも、この……観るものてェのは、おもしろいもんですナ。入りの少ないときは、のびのびと席がとれて見やすいと思うのに、そういうときはお客は来ない。もう、これッきりという大入り札どめということになると、無理にも見たいというのが人情で、あとからあとからお客が押しかけます――。

茶屋の若い衆「えー、いらっしゃいましエー……。あ、半さん先だってはありがとう存じました……」

半公「先だってのことなんぞ、どうだっていいやイ」

茶「へーエ、こんちは、ご見物でいらっしゃいますか？」

半「あたりめエじゃねえか、芝居小屋へ来てるんだ。それに今日は音羽屋《おとわや》の当たり狂言、こいつを見はぐっては、芝居好きの面《つら》ァ立たねえ……」
茶「それが、まことにどうも、お気の毒さまでございますが、大入り札どめでございまして……。これが両三日前におっしゃっていただけますと、よろしい席《ところ》、とっておきましたが、今日《こんち》では、到底どこも場がとれません」
半「おいおいおい、そんなこと言わねえで、フリの客じゃねえ、替り目ごとに来てるんだ。どんなところでもいいや、なんとか、やりくってくんねえ……」
茶「困りましたナ……じゃァ、〝鶉《うずら》〟の後ろでよございますか？」
半「あア、どこだっていいや。あア、煙草盆なんぞはいらないからナ、用があったら呼ぶから……」
〝鶉《うずら》〟と、俗に申します劇場《こや》の東西の桟敷《さじき》の一番後ろの席。一段高くなっております。その後ろですから、立ち見席……。
茶「じゃァ、そこでご辛抱を……どっかあきましたら、お呼びいたしますから……」
半「ああ、いいよ、いいよ、心配《しんぺえ》しねえでも……。ウーン、よくへえりやがったなあ。たいそうな景気だナ。これというのも、音羽屋ひとりの人気だから、てえしたもんだ。音羽屋ァーッ！」
てんで、こういう立ち見あたりの客が、一番賑やかでございます。声を一つ余計かけれ

ば、それだけモトがとれるというような考えでございますから、

半「音羽屋ッ、音羽屋ァーッ!!」

夢中になって、野郎が声をかけておりますと、すぐ前の席におりました女連れの客、その一人の商家の女中風の女が、

女中「もし、あなた……」

半「ヘイ、あっしですか?」

女「ええ、最前からたいそう音羽屋さんをおほめでございますが、そんなに音羽屋さんがごひいきで……」

半「ええ、いい役者でござんすねえ。あっしゃね、もう音羽屋でねえと、夜も日もあけねえんで……。今日はせっかく見物に参《めえ》りやしたが、ご覧の通りの大入りで、いい場所もありませんので、つい後ろに立って大声を出していました。どうもおやかましゅう……」

女「あら、とんでもございません。ここにおいでのお嬢さまがまた、音羽屋さんのたいそうなごひいきで……」

半「ヘエー……お嬢さまが?」

ひょいッと見るてエと、向こうもチラとこっちを向いて、きまり悪そうに下を向く……それが、ふるいつきたいような美しさ。年は十八、九、色白のほっそりとした瓜実顔《うりざね》で、

着ている縮緬の小袖も、帯も、半襟も、頭につけてるかんざしまで、音羽屋にちなんで菊づくし、菊の模様を散らしてございます。半公の野郎、ポーッとなっちまった――。
女「でも、いくら音羽屋さんがひいきでも、私ども、女でございますので、大きな声でほめるわけにまいりません。おさしつかえなかったら、この桟敷へお入りになって、私どもの代わりに音羽屋さんをほめちゃいただけないでしょうか」
半「えっ、そいつァ願ったりかなったりだ。頼まれりゃ越後から米つきに来るてエが、こんなお安いご用はねえ。ようがす、お頼みとありゃァもとォ切ってもほめやしょう。じゃ、ちょいと失礼いたしまして……」
と、図々しい野郎で、女二人の席へわりこみます。
女「どうぞ、お願い申します」
半「じゃァ、ほめますよ。音羽屋ァーッ」
女「まあ、ありがとう存じます。……どうです、お嬢さま、うれしいじゃござんせんか。あんなにほめて頂きました」
半「いやァどうも、ひいきの役者ァほめて、きれいなお嬢さまにお礼をいわれちゃァ、こんな有卦《うけ》に入った(よいことばかり続く)話はねえ。も一つ行きましょう、音羽屋」
女「まア、ほんとにありがとう存じます」

半「あとはおまけで、音羽屋、音羽屋、音羽屋ァッ！」

女「あなた、幕の内のお弁当が届きました。召しあがりながら、どうぞ……」

半「あ、さイですか。じゃァ遠慮なくひとつ……。音羽屋ァ、うまいぞオ、弁当……」

何をほめてるんだかわかりゃしない。

この芝居のほめ声というものは、なかなかにむつかしいもので、

「おとわ、や……」

なんてのんびりと言ったんでは、間のびしていけない。といって、ただ早口に言っていいというものでもありません。

「成田屋、紀之国屋、エー高島屋さんに、次は角の乾物屋……」

なんて町内の商店連合会の総会みたいになってしまう。

「……ンりたッやあッ！」といったぐあいで、力を入れるんですナ。高麗屋《こうらいや》なンぞも、〝こうらいや〟なんてちゃんとは言わない。

「ゥらいやァツ！」となる。

「ッかしまやッ！」「ィろきやァッ！」「ッつこしいイィ」……いや、これはデパートですけども。

だから、音羽屋も「とゥわやァ」……これが、もっとたたみこむと、「たァやアッ」と

なって来ます。

美しい女たちにおだてられて、もう、半公の野郎ァ夢中でございます。

半「音羽屋《とうわや》ァッ、音羽屋《たアやア》、音羽屋《たアやア》ァ、うわーい、音羽屋《とうあや》ァーッ……」

女「もし、あなた、もう、幕はしまっていますよ……」

ッてんで、とうとう幕をほめちまった。

幕あいになりますてエと、お茶が出る、お酒が出る……。

女「あなた、ひとつご酒《しゅ》をお召しあがりあそばせ……」

半「いや、こりゃァどうも、何から何まで……おっとっと……ヘエ、どうも」

女「口取り（酒の肴）が参りました。ひとつおつまみになって……」

半「ヘエ、どうもご馳走さまで……。イエ、もう自分でとりますから……。これはクワイでございますナ。いやア、音羽屋のおかげで、全く今日はついてるねえ、ありがてえネ、音羽屋ァ……」

女「もし、あなた、クワイがお口から落っこちました——」

野郎ァもう気もそぞろでございまして、

女「あのう、失礼ながら……」

半「いえいえ、もうけっこうで、もう、いけません」

女「いえ、あの、失礼ながら、あなた、お年はおいくつでございます？」
半「いえ、あの……もう、いけません」
女「まあ、いけないお年ではないようでございますが……」
半「えッ、あァ、年でござんすか。年ァもうかけねのねえところで、二十五でござんす」
女「エ、二十五歳？……まあ二十五歳……お嬢さま、お聞きあそばしましたか？　ちょうどよろしゅうございました……」
半「えッ、何がよろしいんで？」
女「いえ、こちらの話でございます。……あなた、おかみさんは、もう、お持ちでしょうねえ？」
半「いやア、それがまだ、しようがねえんで、駒形の裏ィひとりで世帯を持ちまして、三度三度のおまンまは親方ンとこで食べてますんで……。してお嬢さまのお屋敷は？」
女「ハイ、お屋敷は、本所辺でございますが、ただ今、ちょっとお加減を悪くして、業平《なりひら》の寮のほうへ出養生《でようじょう》においでンなっていますので……」
半「あア、さィすか、それはいけませんなア……。でも芝居見物などはよろしいんで？」
女「ハイ、医師《せんせい》は、かえって少しお歩きになったほうが、体のクスリになるとおっしゃるのですが、女連れでは気味が悪く、今日の帰りも、やはり駕籠《かご》にしようかと話し合っていたところでございます」
半「さようでござんすか……では、私が帰《けえ》りは、お送りいたしましょう」
女「まあ、そう願えれば、こんなありがたいことはございませんが、ご迷惑でございましょう」
半「いえ、業平と駒形じゃァ、道もほとんど同《おん》なしで……いやァ、たとえ、道があべこべでも、お嬢さまのためなら、どこまでもお送りいたしやす。たとえ火の中水の中……音羽屋ァ……」
野郎、すっかりノボせっちまって、あと幕《まく》ァもう、上《うわ》の空でございます。
当時、芝居小屋のありました堺町《さかいちょう》、葺屋町《ふきやまち》から、向島《むこうじま》の業平橋《なりひらばし》のあたりまで、ブラブラ歩きで半刻《はんとき》あまり、うす暗くなりましたころ、寮の門口まで参りまして、
女「今日《こんにち》は、どうもありがとうございました。さア、あなた、ちょっとお寄り遊ばして……」
半「いえ、これで、場所はわかりましたから、また今度、昼間にでも寄せていただきます。今日はこれでお暇《いとま》を……」
女「そうおっしゃらずに、どうぞ、お上がり遊ばして……」
半「いいえ、これでお暇《いとま》を……エー、おいとま……」

お暇お暇ってェながら、いつまでも立っている——。

女「まあ、そう強情はらずにお上がりくださいませ。うちのお嬢さまは癇症《かんしょう》でございますので、お焦《じ》れになるとたいへんでございます。こないだも、チンチンをしろというのに、しませんでしたら、あなた、狆《ちん》ころを踏みつぶしておしまいになって……」

半「えッ、踏みつぶされちゃアてえへんだ。そいじゃァごめんこうむりまして……」

と、これより、手をとるようにして冠木《かぶき》門《もん》（門柱に冠木を渡した門）の中へ案内をされます。結構なお屋敷……間《ま》毎《ごと》間《ま》毎《ごと》を通りまして、奥の十畳、絹張りの行燈《あんどん》がボーッと灯《とも》っておりまして、上段の、縮緬の座布団に坐らされたところで、奥使いの女中が、高坏《たかつき》、天《てん》目《もく》の茶碗（浅い擂鉢形の抹茶茶碗）で、お茶を運んで参ります。

女「粗茶でございます……」

半「へ、へエ、どうも、ごめんなすって」

女「ただいまお嬢さまが、よく、あなたにお礼を申しあげるそうでございますから、しばらくお待ちを……」

ッてんで、野郎、こんな座敷へ通ったことァないから、すっかりカタまっているてえと、奥の唐紙《からかみ》が開いて、スーッと、お嬢さまがお出ましンなる。わずかの間《ま》に衣裳替えをなさって……黄八丈《きはちじょう》のお召し、繻珍《しっちん》の帯を胸高《むなだか》に締め、おつむりは文金高島田、色が白いところへ病《やまい》のため、いくらか青味がかっている顔へ、後《おく》れ毛が二筋三筋《ふたすじみすじ》ハラリとかかって、いやもうすごいくらいの美しさでございます。野郎ァもう、へへーッと、頭ァたたみにすりつけちまいまして、

娘「もし、あなた……」

半「ウへーッ……」

娘「そんなに固くおなりなすっては、あたくしが困ります。サ、何もありませぬが、お茶屋から持って参りましたお煮染めなどで、くつろいで酒《ささ》など召しあがってくださいませ……」

と、ここでまた、酒肴《さけさかな》が出る。下地《したじ》があるもんですから、すぐに酔いが回っちまって、

半「いや、どうも、ふいにお邪魔ァしまして、ええ、すっかりベロベロになっちまいまして……。でもねえ、お嬢さん、嬉しいねえ、あっしゃァ。ねえ、酔っていうんじゃありませんぜ。はじめて会ったお嬢さまと、こうして差し向かいでご馳走ォいただいて、ありがてえねえ、全く……。そのご恩返しにもネ、これからお嬢さまのおっしゃるこたア、あっしゃァもう、なンだってききます。音羽屋がどこそこへ出るから、行ってほめろと言われりゃア、どこへだって、とんでって、ほめます……」

娘「いえ、もう、音羽屋さんは、じゅうぶんでございます」

半「さいですか、じゃァひとつ、なンかおっしゃって下さいな。なンかご恩返しをしなけりゃァ、このまま帰《けえ》っちゃ、あっしの気がすまねえ。ええ、なンだって、いやとは申しません、なンか、おっしゃって下さいナ……」

娘「まア、うれしいお言葉を聞かせていただきまして……おことばに甘えるようで、なンでございますが、じつはあたくし、折り入ってお願いがございます……あなたに――」

半「えっ、折り入って!? な、なんでござんす……?」

娘「それが、女の口からは恥ずかしい……言いにくいことでございますので……」

半「恥ずかしい?……ウヘヘッ、ツキ出すとどこまでもツクもんだ。……えー、お嬢さま、おおかたァ……エヘッ、察しもつきますが、お嬢さまの口から、そいつをひとつ……」

娘「でも、もし、あなたにイヤだとおっしゃられると、あたくし、困ってしまいます」

半「と、とんでもない、あっしがイヤだというわけはございません。お嬢さまのことなら命《いのち》をさしあげてもよろしいくらいで……」

娘「ま、それは、ほんとうでございますか?」

半「ええ、ええ、お易いご用で……。あっしの命だけで足りなけりゃァ、うちィ帰《けえ》って、ついでに大家《おおや》の野郎もブチ殺して来ます」

娘「そんなことをなさらずとも、ようございます。それでは、申しあげますが、じつはあたくし……」
半「ヘイ、ヘイ、ヘイ」（と、身を乗り出す）
娘「あの……あなたに、あのう……」
半「ヘイッ、ヘッ、ヘェ」（いっそう乗り出す）
娘「あたくしのお乳をなめていただきたいのでございます……」
半「（のぼせて）お乳を⁉ そ、そりゃァお嬢さまンためなら、どこだってなめますが……（気がついて）しかし、そりゃァ、あなた、どういうわけなので？」
娘「ハイ、お恥ずかしいことですが、あたくしのお乳にデキモノができているのでございます。それをなめていただきたいので……」
半「ぎェーッ！ デ、デキモノを⁉ お、お嬢さま、まさか、あなた、そんなこと……」
娘「このように恥ずかしいことを、どうしてウソなどつけましょう」
半「うーん、驚いたねえ、こりゃァ、デキモノたァ気がつかなかったね、こりゃァ……」
娘「命まで下さるとおっしゃったあなた、まさかいやとはおっしゃいますまいねえ」
半「そりゃァまア、言うにゃ言いましたがね……ええ」
娘「このようなこと、だれにも申すことはできませぬ。あなたを見込んでお願いしたのでございます。おなめいただいたあとは、今夜はご気分直しに、ゆっくりお泊まりになって、おくつろぎいただきとう存じます」

半「えーッ、泊まって!?……へ、へエ、なめます、なめます。こうなりゃ、おできであろうが、デベソであろうが、なんだってなめます。……ねえ、そう来ると思ったよ。そんなことまでさせといて、それだけってェこたァねえからナ。濡れ場ァ切り狂言にとってあるという寸法なんだ。……さ、お嬢さま、江戸ッ子ァことが決まれば気が早えんだ。ガッチリとなめますから、お乳を出しておくんなせえ!」

娘「あい……」

と、お嬢さまのほうも一生懸命。顔ォ真ッ赤にして、思い切って胸をくつろげます。燃えるような緋縮緬《ひぢりめん》の下から、雪のような肌がこぼれたかと思うと、

娘「……では、お願い申しあげます……」

ブワーッと出されたお乳を見て、野郎ァ驚いた。小さなおデキかと思うと、これが、コンナ(両手の親指と人差し指で輪を作る)こう……紫色に大きくはれ上がりまして、それがただれ崩れておりまして、膿《うみ》が出ております。それまでは匂い袋で消されておりましたが、いやその臭《にお》いたるや、鼻もひン曲がりそうでございます。

半「いえーッ!　こ、これェなめるんで?」

野郎、さすがにたまげて尻ごみするところを、お嬢さまのほうは必死でございます。

娘「さ、早く……あなた……」
てンで、グッと手をつかんでひっぱったから、がっぷりとまともにほおばっちまった。
半「うわーッ、むァむァむァむァ……」
娘「あ、あなた、じゅうぶんおなめ遊ばしまして?」
半「むァむァむァ……ヒェー、もう、おつもり(おしまい)でござんす、アワァアワァ……(しきりに口の前で両手をふりまわす)
娘「あ、うがいでございましたら、廊下に支度ができております」
と、うがいをして、顔を洗って、やっと人心地を取りもどして、再び座敷へもどって参りますと、表の戸が、ドンドンドンドン……。最前の女中が、バタバタッとかけて参りまして、
女「お嬢さま、たいへんでございます。本所の伯父さまがお見えになりました」
娘「エ、伯父さんが? まア、どうしよう」
半「あのう、お客でござんしたら、あっしゃ別のお部屋へ引き下がりまして……」
女「いえ、そうは参りません。伯父さまというお方はいつも泊まりがけでおいでになるので……。その上たいへん頑固《がんこ》でやかまし屋でございます。こんなところをご覧になったらたいへんでございます」

半「へーえ、では、納戸《なんど》（物置き部屋）かなんかへ隠れて」

女「いえ、その上、伯父さまは、柔術《やわら》の心得があって、手が早く、先だっても、間違えてお嬢さまの部屋へ迷いこんだ出入りの御用聞の首をねじ切っておしまいになりまして……」

半「いやア、そ、そりゃァたいへんだ……」

女「ですから、明日また、あらためてお越しくださいまし」

半「そういたしやしょう。命あっての物だねだ……」

女「あ、あなた、そっちはいけません。裏口のほうへ、おはきものは裏口へ回しておきましたから……。あ、それは開《ひら》きでございます。ひっぱってはいけません、向こうへ押すので……あ、そこはドブでございます。あっ、あア、あア、ドブへ落っこってしまって……」

いや、もう野郎はドブ泥だらけになって一目散……。

半「あア、驚いた、あア、ひでエ目にあった……。なんでえ、畜生め、もう少しのところでひとの恋路の邪魔ァしゃァがって……。かわいそうに、おれはまアいいとして、あの娘ア今夜ァクヤしくって寝られめえ。まア、いいや、明日って日があるんだ。おデキまでなめた仲なんだ、これがほんとのデキ合いの仲……てンだ」

自惚《うぬぼ》れの強い野郎でございます――。
あくる朝になると、朝湯へ参ります。ただの糠袋《ぬかぶくろ》じゃァ足りねえってんで、三幅布団《みのぶとん》の綿《わた》ァ抜いて糠をつめ、蛇《へび》の抜けがら十六本、鶯《うぐいす》の糞《ふん》から猫《ねこ》の糞《ふん》……と、すっかり用意をして、湯へはいって、磨きあげ、身なりもちゃんと整えまして、吾妻橋《あずまばし》の中ほどまでやって参りますと、向こうから友だちがやって来る。
半「よオ、どうでえ、留さん」
留「おう、半公か、おっ、どうした、めかしやがって、フーン、どけえ行くんだ?」
半「どこへ行くったって、ちょいと、このごろ、売れているんだ……。女の子にヨ」
留「何を……売れるてェ面《つら》かよ。だが、おもしれえ、おめえのレコを拝見に、お供をしようじゃねえか」
半「レコたアなンだ!?　口の利き方も知らねえやつだ、姫御前《ひめごぜ》と言え!」
留「おやア、ご大層《てえそう》もねえことォ言やがって、どこのお多福だ?」
半「さる大家のお嬢さまだ」
留「こいつ、陽気のせいでオカしくなったナ。一人じゃ危ねえ、ついてってやろう……」
半「駄目だ、てめえが来たらブチこわしだ」
留「ぬかしゃがったナ。じゃいいや、おめえのあとから入《へえ》ってって、こういうがいいか。

……えー、ただ今入りました、あの者につき申しあげます。あの者生来、少々手くせが悪く……」

半「おいおい、冗談言うねえ。そんなら、まアいいや。女だけ見たらすぐ帰《けえ》るんだぜ」

のんきなヤツと連れになりまして、ノコノコとゆうべのところへやって参りました。

留「おい、半的《はんてき》、どこだ？」

半「ホラ、あすこだい。ホラ、黒板塀に見越しの松と来たろう」

留「へーエ、こいつァオツな構えだ、二階家と来たね。二階家はいいとして〝貸家《かしや》〟てエ札がはってるなアどういう趣向《しゅこう》だい？」

半「エッ、貸家？……なアるほど、札が出てらア。おかしいナ、家ィ間違えたはずァねえんだがナ……」

留「狐にでもツマまれたんだろう……」

半「あア、隣の家から人が出てきた、あの爺さんに聞いてみよう。……エー、少々うかがいます……」

隣の老人「なんですかな？」

半「あの、お隣はどうなさったんで？」

老「お隣は今朝ほどお引っ越しになりました……」

半「ヘエー？」
老「あんたは、お隣の……なんでございます？」
半「えッ……あたしは……、えー、あたしは隣の……ええ、出入りの者で――」
老「あア、お出入りの方ならお話ししてもよろしゅうございましょう。ご存じでしょうが、お隣のお嬢さんは、お乳のあたりにおデキができてお困りでございました……」
半「あアそうそう、立派なおデキで……」
老「立派てェこたアないでしょう。ほうぼうの医師方《せんせい》に診せたが、どうも療治が届かない、ゆくゆくは生命にかかわるというので……それから、どうしたらいいッてんで、浅草辺の易者に見せました」
半「へエへエ……」
老「すると易者のいうには、これは、お嬢さまの星回りが悪い。そこで七つ年上の一人者の男に、その腫物《しゅもつ》をなめてもらえば、毒はその男に移って、お直りになるってんですナ。お嬢さまはとって十八だから、七つ上というと二十五になります」
半「えーッ、二十五歳!?」
老「その年齢の男なら、屋敷内にも出入りの中にもいるはいる。しかし知り合いではぐあいが悪いというので、忠義者のお付きの女中がいましてナ、人の寄るところへ行って、すぐオダテにのるような馬鹿野郎をさがしに、今日は芝居だ、明日は寄席《よせ》と人ごみを歩き回っているうちに、念が届いて、あんた見つかりましたよ、その馬鹿野郎が……」
半「ヘーエ、見つかりましたか？」
老「すっかりダマして、家へ連れて来て、デキモノをなめさせましてナ。それからその馬鹿が泊まりこむ気で居すわるところへ、伯父さんが来たとおどかしましたらナ、馬鹿ァめんくらって、逃げる途中で、ドブへ落っこったそうです」
半「いやア、まったく災難で……」
老「なに、災難なんてことありゃしません、馬鹿ですから……。だが、図々しい野郎だ、あくる日に押しかけてきたらうるさいってんで、今朝早いうちにお引っ越しになりましたので――」
半「驚いたなア。えー、ご本宅のお屋敷はどちらでございましょう？」
老「あなた、お出入りならご存じでしょう」
半「あアご存じご存じ……つい、ご存じなのを忘れてました。……ところで少々うかがいますが……」
老「なんです？」
半「それでお嬢さんはおなおりになったんで……？」

老「さよう、お嬢さまはご全快になるが、なめたやつは、気の毒と言えば気の毒ですな」
半「えッ、どうしてです？」
老「腫物《しゅもつ》の毒がまわって、三日と命が保《も》たないそうですな」
半「ゲーッ、三日と!? ウ、ウーン……」
老「やア、この人、目ェまわしちゃった。しようがないナ。おい、おまえさん……そこに立っている人、おまえさんは連れじゃないのかい？」
留「えー、連れじゃねえ……いっしょに来ただけだ」
老「同じことじゃないか、間に合わねえ人だ。水をやらなくっちゃいけない、目ェ回したんだから……。(家の中へ)おいおい、婆さん婆さん、たいへんんだ、薬をとっておくれ、ホラ、宝丹《ほうたん》を……。バカだねえ、瓢簞《ひょうたん》じゃねえ、火鉢の引き出しにあるだろ、宝丹。……ああ、それそれ、宝丹だ、およこし、宝丹を……。(半公をかかえおこして)おまえさん、しっかりおしよ。さア、宝丹だ、おなめよ」
半「ウーン……。なめるのは、もう、こりごりだ――」

長持

　えー、一席申しあげます。
　昔から〝火事と喧嘩は江戸の華《はな》〟なんてえことを申しましたもので、江戸ッ子てえなア、あとさきのこたァかまわないで、なんでも喧嘩ァひきうけちゃう、一ン日《ち》に一ぺん喧嘩ァしないと、メシがうまくないなんてえ連中が多かったもので、
八「コンちはァ……」
熊「こんちは……」
町内の頭「おう、熊八に八公じゃァねえか。モジモジしてねえで、入ったらどうだい」
八「へえ、ありがとうござんす……」
熊「ゆンべは、どうも……。で、頭《かしら》ァ、仕事のほうは？」

頭「うん、いま、仕事がひと区切りついたんで、ちょっと一服しようと思ってるところだ。ちょうどいいやな。まァ上がれ」
熊「さいでござんすか。じゃァ、ごぶれいして……。それにしても、ゆンべは、本当に、頭のおかげで……」
頭「なァに、別に礼をいわれるほどのこともねえが、俺が通りかかったからいいようなもんの、おめえっち二人とも、わるくすると半殺しにあうところだったぜ」
八「へえ、どうも……」
頭「第一、おめえっち、あンとき、なんといって音《ね》をあげてた？　えー〝痛え臭え、痛え臭え〟ってたじゃァねえか。えー、俺もな、こんな気性だからナ、随分といろンな出入りの中へもとび込んだが、痛え臭えなんて喧嘩にぶつかったなァはじめてだ。全体ェ、何が原因で、あんな喧嘩になったんだ？　おう、八公、言ってみな」
八「へえ、それがネ、ごく下らねえ喧嘩なんで……。この野郎とネ、ゆンべは銭もねえこったし、二人で湯へ入って、あったまって寝ようと思って、いつもの町内《ちょうねえ》の湯ゥ屋でネ、ひとッ風呂あびてネ、こいつと表へ出るってえと、いきなり出会頭《であいがしら》に、グイと人の足を踏みやァがったのが、ゆンべの喧嘩のアン畜生なんで……なア、熊ァ……」
熊「でネ、頭の前だが、あの野郎、おッそろしく背の高え野郎で……」

頭「ウン、腕力もかなりのもんだな」

八「なンしろネ、だしぬけに踏みゃァがって、痛えの痛くねえのって、あんまり癪《しゃく》にさわったからネ、〝やい、やいッ、コン畜生ァ、何とか挨拶しろやいッ〟と、こう言ったらネ、あン畜生ァ、〝馬鹿なことを言うな。俺が貴様の足を踏んだんじゃァない。貴様の足が、俺の足の下へ、自然にこう入って来たんだろう〟って、太えことをぬかしやァがるんだ」

頭「ウン、それで?」

八「あんまり癪にさわるから、〝コン畜生、ふざけやァがって〟って、ポカポカッとなぐりつけてやろうと思ったんだ」

頭「ウンウン、なぐったんかい?」

八「なぐられちゃったんで……」

頭「だらしがねえなァ……」

八「なぐることォ欠いて、十三もなぐりゃァがった」

頭「そんなもの、勘定する奴があるか」

八「ようしそれなら、こんだァ、足ィすくって、引きずり倒して、蹴っとばしてやろうと思った」

頭「えれえな!　やったんかい?」

八「そっくり、向こうにやられた」
頭「しようがねえなァ、おめえっちァ……」
熊「でもねえ、頭ァ、強すぎるんだよ、相手が……。表へ二、三歩、出るか出ねえうちに、二人とも叩ッくじかれて、折り重なってぶっ倒れると、あの野郎ォ、下駄のまンまで、俺っちの上へのっかかりやァがって、かわるがわる、いやッてえほど、こいつとあっしの頭《あたま》ァ、踏んづけやがるんだ。でネ、わるいことに、うつぶせに俺たちのひっくりかえったところにゃァ、コテコテと犬の糞がしてあるんだ。頭の前だけど、江戸ってえとこは、どうして、こう犬の糞が多いんでしょうねえ」
頭「そりゃァ、おめえ、むかしから言うだろう。〝武士、鰹、大名小路、広小路、茶見世、紫、火消、錦絵、伊勢屋、稲荷に犬の糞〟てえくらいのもんだなァ……」
熊「つまらねえものが多すぎらァ。でネ、頭ンとこを踏まれるたびに、俺たちの顔が、その糞の中へめり込むから、そこで〝痛え臭え、痛え臭え……〟」
頭「いいかげんにしろい。なんてくだらねえ喧嘩しやがンでえ」
八「まアまア、頭までいきり立つこたァないや……。ま、あんとき、ちょうど頭が通りかかってくれなかったら、本当にどうなってたか、わかりゃァしねえ、でネ、こいつと二人で、ほんの心ばかりのものを持って来たんですが、ひとつ受けとっておくんなせえ」

頭「おいおい、俺ア、別におめっちから、そんなものを貰うつもりで、助けてやったんじゃねえやい」
八「まア、そう堅いことをいわねえで……」
頭「そりゃァ、酒の切手だな？」
八「へえ……」
頭「おう、じゃァナ、こうしよう。そいつを、酒屋へもってって、すぐ買って来いッ。ありったけ、買ってくるんだ。
(次の間のおかみさんに)おう、おふさァ、おまえなア、すぐ肴《さかな》の支度しねえな。さア、じゃァ、その酒で一杯《いっぺえ》やろう。一杯やろうじゃァねえか」
八「………」
熊「………」
頭「どうしたんだい？ ボンヤリしてねえで、早くゆかねえかい」
八「だがネ、頭ァ、この酒屋、いまでも、この町内にありますかね？」
頭「古い切手を、工面して来やがったんだナ。え、いつごろなんだ？ 去年のか、おととしのか？」
八「もう少し、古いんで……」

頭「じゃア、五年前かい？　それとも、十年ぐらえ前のか？」
八「もう少し、古い……」
頭「どのくれえ、古いんだ？」
八「なんでもネ、こいつの、死んだ婆さんの、娘時分の手文庫からネ、出て来たんで……」
熊「明治三年の……」
頭「馬鹿野郎ッ！　そんな時分の酒屋が、いまごろまであってたまるかッ！（奥へ）おふさァ、災難ついでだ。え、酒もおごってやれよ、こいつらに……」
八「テヘッ、そうくると思った……」
頭「なによッ!?」
八「いえ、ひとりごとで……」
頭「まァ、しようがねえやな、ウン……。（奥へ）あー、冷やでいいんだよ。肴がわりに、天井でもそいってやってくれ……。さア、一ぺえ行こう。おい、呑めやい」
頭「えっ、なに？　誰か来た？　おふさ、見といで……。なに、若旦那？　近江屋のかい？　あー、そうかい……。

（若旦那に小声で）へえ……おや、はア、さいでございますか……。へえ、へえ、承知つかまつりました……。

（こんどは熊と八に大声で）おう、おめッち、すまねえがナ、急いで帰《けえ》ってくれ。あしたの晩に、また改めておごってやるから、今日ンところは、すぐ帰ってくれい」

八「（いくらか酔っていて）ど、どうして？　頭ァ、そう急にィ？」

頭「わけァ、あとで話すからヨ、さ、だまって帰ンな」

八「だって、わけも言わねえで、藪から棒に、帰れったって、そりゃァ無理ですよ。頭ァ……。なんだか追ン出されるみてえじゃねえか、なア熊ァ……」

熊「（これも酔っていて）そうだともよオ……」

八「話してくれるまで、俺っち、ここを動かねえや、なア熊ア」

熊「そうだともよォ……」

頭「じゃア、なにかい、話がわかれば、帰ってもいいてんだな」

熊「そうだともよオ、なア……」

八「ウン……」

頭「じゃァ、きかせてやろう。町内の近江屋の若旦那、知ってるだろう」

八「あア、知ってるとも……。いい男だ。役者にだって、あれだけなのは、そうザラにゃァいねえや。それに、人間はごくウブだと来てる。その、若旦那がどうしました？」
頭「ちょいと、この座敷に用事があるんだよ」
熊「じゃァ、ここへ呼んだらいいじゃァねえか」
頭「そうじゃァねえんだ。その若旦那に、来月婚礼があるんだ。嫁になるのは、お花さんといってな、麹町あたりのいいとこのお嬢さんだ。夫婦になる前に、二人サシでしみじみ話がしてみてえってわけさ。表を一緒に歩いたんじゃァ、世間のうわさがうるさい。そうかといって、待合いなんぞにゆく度胸はとてもないしな……。
そこでだ、この部屋でナ、しばらく逢引《あいびき》みてえなことをしてみたいと、こういうわけだ。人がいたんじゃ、具合わるいじゃァねえか、なア、わかったろう……」
八「テヘッ、そいつァこてえられねえや」
頭「こてえられねえってのは、何だ？」
八「いえネ、あっしも、随分、このォ商売人の痴話《ちわ》や口説《くぜつ》は、となりの座敷からきいたり、のぞいたりしましたがネ、ズブの素人どうしが、どんな色ごとをするか、えッ……こ、こいつァネ、見ものですぜ。ぜ、ぜひ、次の部屋で、のぞかせて、おくんなせえ」
頭「馬鹿ァいうんじゃねえ……」
八「でも、そこを何とか……」

頭「ダメだってえことよ」

八「じやァ、何とかのぞかせてくれるまでァ、この部屋から、俺っちァどかねえや、なァ熊ァ……」

熊「そうだともよォ……」

頭「またはじめやアがった、しようがねえな。てめえらは……」

八「あそこの、押し入れへ入って……」

頭「あそこは、布団やなんかで一ぱいだ」

八「じゃァネ、そこんとこの、長持がいい……」

熊「どうせ、なにも入ってやしねえ……」

頭「ひとの家ン中ァ、よく知ってやがる……」

八「あン中へ入ってネ、ジッとしてりゃァ、ねえ、よござんしょう。ねえ、悟らせるようなこたア……（舌なめずりして）金輪際ありゃァしねえや、なア熊ァ……」

熊「そうだともよ」

八「お願いだァ、頭ァ……」

頭「そ、そんなバカな真似《まね》がさせられるかッ」

熊「じゃァ、ここォうごかねえ」

八「ムリにも表へ出ろというンなら、表からワーイワーイとはやしてやる」
頭「よ、よせやい、そんなことさせてたまるか。てめえらァ全く、平仄《ひようそく》（つじつま）の合わねえバカ野郎だから、何をオッぱじめるかわからねえ、ええところで鉢合わせしやがって……。
（玄関のほうへ）えッ、なンだって？　若旦那がじれていなさると？……あア、うん、すぐかたづけますと申しあげときナ。
しようがねえナ、ここでガタガタするわけにゃァいかねえし……。じゃァ、まア、いいや。そのかわりナ、動いたり、ものを言ったりしたら、承知しねえぞ！」
八「合点、承知の助よ。あた棒よオ。おウ、熊ァ、そうときまったら、その徳利に、まだいくらか入ってるし、そっちの天井も、半分のこってらア、一緒に持ち込めやいッ」
熊「ほい来たッ！」
てんで、ひどい奴があるもので、熊と八ァ、座敷の隅ンとこにある、長持ン中へスッポリ入ってナ、蓋ァしめた。
頭「お待たせいたしました。さ、若旦那、どうぞこちらへ。お嬢さまもどうぞ……。きたないところですが……」

若旦那「すみませんネ。ご無理をお願いして……」

頭「いえ、大旦那にゃァ、いつも、お世話ンなりまして……。このくらいのこたァ、あァた……。

おう、おふさァ、若旦那とお嬢さまだ。ごあいさつを申しあげろイ。で、なんだろ、おまえは、湯にゆくんだナ、ウン。(若旦那に)あいつァネ、評判の長湯で、二時間以上もかかるんで……。あっしもネ、これから、山田のご隠居ンとこへ、笊碁《ざるご》を打ちに参りますから、たいてい長くなりますンで……、へえ、お茶の支度やなんぞ、ここにしてございますから、どうぞごゆっくり……」

頭ァ、かみさんと連れ立って、そそくさと出かけてゆく。

若旦那「(やさしく)ねえ、お花ちゃん、おまえさんが、あたしのおかみさんになる日は、もう近いんだねえ」

花子「(甘く)エエ……」

若「婚礼の前にネ、一ぺん、しみじみと、逢ってみたかったんだヨ」

花「エエ……」

若「ねえ、お花ちゃん……」

花「なァに……」

若「おまえの手ェ、にぎって、いいかしら……」

花「ええ、いいワ……」

（右手でほんの少ゥし長持の蓋をあけ、左手は手のひらを返して、鼻の先へあてがい、長持を細目にあけて、二人が等分にのぞいている感じで）

八「（グッと小声で）なァ、素人ってもなァ、じれってえもんだなァ。手ェひとつにぎるのに、ことわってやがる」

熊「（同じく）全くよ……」

八「ええ、じれってえなァ、手ェ早くにぎれよ……もっと体ごと、こう、グッと……（と、声を出しそうになり、あわてて蓋を、ソーッとしめる）

（熊と八は、また蓋を細目にあけて、思わず目をみはって）

八「（小声に）お、おい、案じるこたァねえや。見ねえ、もう、ちゃァんと、女のふところン中へ、手ェ入れてやがるぜ」

熊「（同じく）うーん、なるほど……」

（若旦那の声）ここにある、ブヨブヨしたものは、なんです、ウフン……。

（八公の声）何とかいってやがらァ、あれッ、女のほうが、まっ赤になって、うつむいたまま、何かいってるぜ……。

（お花の声）アラ、いやですワ、若旦那、ソレ、お乳《ちち》ですワ……。

（若旦那の声）あア、これがお乳ですか。あたしァ、また鋲《びょう》かとおもった……。

（再び八公の声）プフッ、鋲だっていやァがらァ、冗、冗談じゃァ……。（思わず大きな声を出しかけて気付き、あわてて、ソッと蓋をしめる）

八「（小声で）おい、すっかり静かになったな」

熊「（同じく）ウン、なンもきこえねえや」

八「少うし、あけて、見てみようか？」

熊「うん、あけよう……」

（と、二人、おそるおそるあけて、ヒョイと見た熊公の目の異様な動き。その目の演技だけで、若旦那とお花さんとが、そのときどんななやましい光景を展開しているかを、意味深に描く。しばらく……無言）

熊「おい、見ろやい、あれをッ、えー、八ッ！」

八「うーム、ウン……（しばらく、息をのんで見つめていたが、だんだん息をはずませ、思わず大声で）おッ、あんまり派手に見せつけるねえッ！」

八公、とうとう、蓋ァはねあげて、その場へとび出した。

　ガラガラッ！

頭「あれ、あれッ、こいつらァ……（目をみはって）いま、路地で、たしかに、若旦那とお嬢さんらしいおひとが、転《こ》けつまろびつ、逃げておいでになるのにぶつかったから、何かなけりゃァいいと思って、帰って来てみりゃァ、案の定、このザマだ。（怒りをあらわにして）やい、てめえら、何だって、あれほどいっときながら、ここへとび出しゃァがったんだ」

八「そ、それが、つい、そのォ……、あんまり見せつけられたもんで……」

頭「なァによォぬかしゃァがるんだ。あきれた野郎どもだ。たいていにしろやいッ！　あァあァ、折角の、若旦那のご縁談も、はじめにこんなケチがつくようじゃァ、長持ちはしねえぞ」

八「なァに、長持があったから、この騒ぎだ」

大名道具

えー、昔のお大名《だいみょう》てェものは、豪勢《ごうせい》なものでございまして、お部屋《へや》さま……つまり、お妾《めかけ》を何人持ってもいいってことになっていたんですナ。なにしろ、子供をたくさんこしらえるのが大名のお仕事……将軍の家斉《いえなり》なんて人になると、生涯に六十九人のお子さまをもうけられたというくらい——。それだけの子供を作るためにゃ、それに見合うくらいの女の数が必要なのは、これは当たり前で……、ま、われわれだったら、こんな仕事でしたら、もう、月給なんて要りません——。

そのうえに、お大名の、その……女の使い方が、また、ぜいたくでございます。お部屋さまが三十歳になりますと、〝おしとねご辞退〟と申しまして、もう、夜のおつとめはしない。〝こんな、古くなったものを、お殿さまに差しあげては申しわけない〟ってんで、しまいこんじまって、また、新しいのとトッ替えてさしあげるんですナ。
われわれなンてものになると、三十歳の女房なんて、まだ新品も同様で、四十になっても五十になっても、せっせと使う。手ずれがして、マメツしちまっても、まだ使う。寿《じゅ》命《みょう》が来て、先立たれましても、
われわれ「もったいねえなア、まだまだ、使えたんだがなア。……あそこだけ、化けて出て来ねえかしら――」
なンて、大変な違いでございます。
ですから、もう、殿さまなどは、この世の楽しみは一人じめって顔をしてましてナ、
殿「あー、あやめ、ただいまはヨキであったぞ」
妾「ハイ、恐れ入りましてございます。未熟なるわざ、御意《ぎょい》に召したでござりましょうか？」
殿「あー、召した召した。そちも一段と、上達いたしたのう、この後ともハゲめよ」
妾「ありがたき仰《おお》せにござります」
殿「中でも今宵、我が意にかのうたは、そちゃ最前、あの刹那《せつな》、〝死ぬ死ぬ〟とか申したのう。ありゃヨキであったが、あのようなことばを、どこで習うた？」
町で覚えたというと、ごきげんをそこねると思うから、

妾「いえ、だれに習うたわけでもござりませぬ。殿さまのためなら命もいらぬ妾《わらわ》の心が、思わず、言葉となって、口から洩れたものと存じまする」
殿「なに、では、余に対する忠義のあらわれと申すか？」
妾「ハイ、取り乱しましてお許しを……」
殿「うー、いや、ういやつじゃ。してみると、下々《しもじも》の間では、とうてい聞けぬ言葉であるな？」
妾「御意《ぎょい》」
殿「三太夫を呼べーッ……」
何を思いましたか、今度はご家老に急のお召し。三太夫さんもご苦労で、夜なかにたたき起こされ、のしめ麻上下《あさかみしも》、定紋《じょうもん》入りを一着なし、馬に乗ってハイヨーッとお城へ――。
三太夫「へへーッ、三太夫伺候《しこう》つかまつりました」
殿「おお、三太夫か。今、これなるあやめと一儀に及んだがの、いや今宵はうるおいと申し、締り心地といい、一段ヨキであったぞ」
三「へへッ、それは何より重畳《ちょうじょう》、三太夫お喜びを申しあげます。……（小声で）チェッ、夜なかに呼び出しゃがって、何いってけッかる、こんちくしょう……」
殿「三太夫、何をブツブツ申しておる？」

三「いえ、こちらのことで……。して、夜中《やちゆう》お召しのおもむきは？」
殿「うむ、チトたずねたい儀がある。あー、下々《しもじも》でも、このようなことをいたすのであろうかの？」
三「ハハッ、えー、いたしまするでござりまする」
殿「フム、下々は、どのようにしていたすか？」
三「されば……あー、弱ったネ、これはどうも……。えー、やはり、その、殿のお持ちのようなお道具をば、えー、取りいだしまして、いたしまする」
殿「なに、下々《しもじも》も、かような道具を持っておるのか⁉ それからいかがいたす？」
三「ハハッ……あー、それなるぅあやめの方さまのお持ちものと、同様なるものの中に、おさめまするでござりまする」
殿「なンと、下々《しもじも》の女も……では、このようなものを持っておると申すか？」
三「御意」
　殿さま、みるみる、ごきげん斜めになりまして、
殿「三太夫！」
三「へへッ？」
殿「この儀は、下々には、チト過ぎたる楽しみであるぞ！」

モンク言ったって、えー、これぱっかりはしようがありません……。

こんなわけですから、殿さまなンてものはつい、この道にせっせと、ハゲみすぎますから、どうしても、腎虚《じんきょ》で、お亡くなりになる方というのが、多かったんですナ。腎虚といっても、今のお若い方は、おわかりになるまいと思うんですが、つまり……アレをお使いになりすぎまして、精《せい》も根《こん》も枯らしちまって、衰弱してしまうッてェ病気なんですね。

まア、しかし、殿さまだって十人十色、みんながみんな、立派なお道具をお持ちとばかりは限らない。えー、中にゃみすぼらしい方が出てくるのもいたし方がない。

えー、これは、あるお城のお殿さまでございますが、お顔だちも立派なら、押し出しも堂々としておりまして、文武の素養も、残るところなくお積みになっておりますが、惜しいことには、生まれつき男としてのお道具が、たいへんにちッさい。

奥方さまとしましては、常日頃から、これが何よりのお悩みのタネでございました……そりゃァそうでしょう、いくら身分の高いお方だって、いつもいつも、小指で突ッつかれてるみたいな夜ばっかりが続いたんじゃ、欲求不満にもなるというもんで……。

お付きの老女、お局《つぼね》たちから聞いた話によるというと、城下の外れに、金勢大明神《こんせいだいみょうじん》というて、その方面にたいそうご利益《りやく》のある神様がある。そこで、奥方さま、何かというと城をお出ましになり、金勢大明神にお参りをして、奥方「何とぞわらわが殿さまのモノを、今、少々、大きゅうして下さいますように……」
祈願をこめまするが、考えてみると、こいつァハタで頼むより、本人が祈ったほうが
……というので、殿さまに向かい、
奥「殿さま……」
殿「ム、なンじゃな、奥……」
奥「今日《こんにち》あたり、遠乗りもかねまして、妾の信仰いたしまする金勢大明神へ、お詣り遊ばされては、いかがでございましょう？」
殿「うーん、どうもナ、神仏をたよるというのは、余はあまり好まんが、ま、しかし、せっかくの奥のすすめゆえ、参るといたそうか……」
なに、殿さまだって、平生から気になってますんで……。
殿「これ、馬曳《ひ》け、槍を持てえーッ」
と、左右においいつけになります。
お供をいたします槍持ちてェのが、これがまた、家中第一の大道具の持ち主でございましてナ、
三「これこれ、可内《べくない》、これ、槍持ちの可内はおらぬか？」
槍持ち「ヘッ、三太夫さま、何かご用で？」

三「うむ、これへ参れ。……うーむ、いかぬナ。殿のお供をいたすのであるから、もっと裾の長い紺絆天《こんばんてん》と着かえて参れ。それでは、フンドシがのぞくではないか」

槍「フンドシぐらい見えたって、いいじゃゴざんせんか。奴《やっこ》なんですから威勢がいい」

三「いかん、いかん、フンドシはいいが、その中身がいかん。そのようにコンモリと盛りあがっているところを、殿さまにお見せするわけにはいかぬ」

槍「だって、あっしのデカブツは、生まれつきで……」

三「控えろ。そちもお殿さまのお道具の、いじらしきお姿は聞き及んでおろう。だから、殿さまがお乗りの馬にしても、牝馬《めすうま》だけを用い、決して牡馬《おす》の一物をお目にかけたことはない。着がえて参れッ」

と三太夫さんはじめ、ご家来衆の気の使い方も、一通りではございません。

供まわり五、六人と申しますから、まず微行《しのび》でございまして、殿さまのご一行、城下の町並みを駈けぬけまして、野がけ道、五、六町も行きますと、白旗の森という森がある。その中に、金勢大明神をまつった社《やしろ》がございます。

馬をとめましたお殿さま、まず清水《しみず》にて手を洗い、口をそそぎ、拝殿の前に進んで鰐口《わにぐち》（神社仏閣の正面の軒にある金属性の音具）をジャラジャラーンと鳴らしまして、さて、中をのぞきこんでびっくりしました。

ご承知かと思いますが、金勢大明神のご神体というと、えー、これは、男の一物をかたどったものでございます。拝殿の中に、一メートル以上もあろうってェやつが、かり首ィ上におッたてて、えー、これこそ、チン座ましましている。えー、金銅《こんどう》造りでございますが、時代がかっていますから、黒光りがしている。こんなリッパなエテモノを、鼻ッ先に見せつけられたもンだから、もう、たまりません。殿さまァムラムラッ、カーッとしちまいまして、

殿「おのれッ、余にむかって、アテつけおるなッ!? これッ、槍をもてエーッ!」

てンで、槍持ちから槍ィひったくるが早いか、エイッ、ズバリと、拝殿の中に突き入れました。いくら威風堂々としていたご神体も、槍でモロに突かれたんだからたまらない。ドターッとひっくり返ると、ゴロゴロゴロゴロゴロッ……拝殿の外へ転がり落ちる。殿さまは、そのままお城にお帰りになりましたが、おさまらないのは突き倒された金勢大明神で、

金勢大明神「ウーン、あの野郎、とんでもねえことをしやがる。いくら、こっちが大きいったって、そンなに当たらなくっていいじゃァねえか。大きいことはいいことだ……。ウーム、神の怒りを、いで、目にもの見せてくれよう!」

ッてンで、大変な怒りよう――。

その夜、殿様ァご自分の小さなお道具で、奥方さまにごムリを遊ばされようとしていると、にわかに、

ガタガタ、ガタ、ガターッ！

と、お城が家鳴《やな》り震動でございます。ハッと、あたりをうかがうと、白光《はっこう》一時にひらめいて、ドド、ドローン……と、雷鳴のようなもの音がとどろいたかと思うと、今度《こんど》、殿さまの股倉《またぐら》ンあたりに、冷たい風がスーッ……。

あーッとおもって、前へ手をやってさぐってみると、こはいかに！　殿さまのお道具、あとかたもなく姿を消しております——。

奥方さまは、その場にヨヨと泣き伏す……こりゃ、あたりまえですナ、いくら小さくても、ないよりゃァマシなんですからネ。

一夜あけましてあくる朝、家中が総登城しますと、また、一騒ぎでございます。神さまの怒りが、殿さまだけじゃなく、家中三千人の者に及びましたので、ええ、一夜にして、三千人、一人残らず大事な一物をとられッちまった——。

どうせとられるんならネ、ええ、そっくり持ってッちゃったほうが、かえってサバサバしたんですがネ、袋《ふくろ》だけは残していったもんですから、なンにもないところへ、ブランブランとして、いっそう始末が悪い。

家来甲「あいや、近藤氏、貴殿、妙な腰つきでござるのう」
家来乙「さよう言われる内藤氏こそ、ヘッピリ腰ではござらぬか？」
甲「どうもナ、いや、袋だけと申すのは、なンでござる……釣り合いのとれぬものでござるのう……」
乙「釣り合いもそうじゃが、拙者、風通しがスウスウとよすぎてナ、下のほうから風邪をひきそうでござる」
甲「いやいや、拙者もそれに気づいてナ、あらかじめ、用心をして参った」
乙「ほう、用心とは？」
甲「うむ、袴《はかま》の下に、おしめを一着いたした……」
これは、金勢大明神の祟《たた》りであるということになりまして、殿さまが突き倒したご神体をもとへたて直し、いたんだ社殿などを修理いたしましたが、神の怒りはまだ解けないとみえ、なンのしるしもございません。
そこで、家中の重役方がお集まりになり、えー、モノを知っている学者なンかも呼びましてナ、相談しました結果、お城の裏山の峰つづき、行者窟《ぎようじやいわや》にこもっております修験者《しゆげんじや》……山伏でございますナ、その修験者を招き、城内大広間に護摩壇《ごまだん》を築き、秘法、〝麻羅《まら》返し〟《がえ》の祈禱をすることに相成りました――。

正面には蔵王大権現《ざおうだいごんげん》の尊像をまつり、わきには神変大菩薩《じんぺんだいぼさつ》の絵姿、左右に懸《か》かるは、胎《たい》蔵《ぞう》、金剛《こんごう》の両曼陀羅《まんだら》、護摩をたく煙のもうもうたる中に、進み出ました修験者は、頭《かしら》には兜巾《ときん》をいただき、かけたる袈裟《けさ》は、くえまンだらのかきの鈴懸《すずかけ》、数珠《じゅず》サラサラと押しもんで、

修験者「ノオマクサンマンダー、バーサラダー、チキンカツレツクイタイソワカ……」

なンて、ま、そんなような呪文を、音吐朗々《おんとろうろう》と誦《よ》みあげます……。

えー、神さまや仏さまなんてものは、平生から、なにかと、仲間うちのつきあいってものがあるそうでございますナ。このありさまをごらんになりました金勢大明神が、

金勢「フーン、山伏のやつ、いくらかもらおうと思って、セッセとやってやがンなア。ほうっておくと、あいつが困るだろう。山伏とも、今後、何かとつきあいがあるんだから、顔をたてておかなくっちゃナ。まア、イヤがらせも、このくらいでいいだろう……」

ッてんでネ。

修法《ずほう》三日目にいたりました夕刻、一天にわかにかきくもりまして、あたりがまッ暗になります。家中の者がアレヨアレヨと立ち騒ぐなかに、修験者は、いよいよ力をこめて、経文をよみあげる。

サーッ……と、つなみのような音がひびいたかと思うと、どこから運ばれたのか、米《こめ》

俵《だわら》が十俵《ぴょう》ばかり大広間につみ上がった——。

殿さまはじめ家来一同が、ハッとして目をこらしていますと、米俵がバチバチバチッ……とはじけまして、中に入っているのが、米粒ではありません、家中の者の持って行かれた男の一物、こいつが大広間にザーッ！

あたりが明るくなりまして、いやもう、たいへんな眺めでございます。なにしろ、家中三千人の男の道具、そいつが、大広間いっぱいにブチまけられたんですから、なンのこたアない、松茸山が大嵐《おおあらし》くらったあとのようなもので——。

お殿さまは修験者を召しまして、

殿「いや、修験者どの、ご苦労であった。おかげにておタカラは無事、もどったようである……」

修「ハ、ハ、法力《ほうりき》いささか験《げん》ありまして、てまえも満足でござる。いや、それにしても、見ごとなながめでござるナ。ウーム、てまえも、かようなところは見たことがない。記念に一本、ちょうだいして帰りたいくらいでござる」

殿「いやいや、さしあげたいが、あとで数が合わなくなっては困る。褒美《ほうび》はいずれ、沙汰するであろう」

修験者をかえしまして、

殿「これ、皆の者」
家中「へへーッ……」
殿「神明照覧《しんめいしょうらん》ありて、われらが道具をお返したまわった。余がまず、自分のものをとるから、そのあとで、家中の上席の者より順々に、おのがものをえらび出し、退出するようにいたせ。間違えぬよう、心して探せよ」
こう言いながら、お殿さま、ひょッと前を見ると、すぐ目の前に、ひときわ目立つ大道具がございます。あア、これが余のものであったら……と思いますから、〝なに、自分は殿さまだ、自分だけは、何をとっても、かまやァしない〟ッてェ気で、すばやく、そいつを引ッつかんじまって、懐中《ふところ》へ入れて、
殿「おう、余の道具は、ここにあった。あアもう、とったからナ、あとはめいめいで、探すように……」
ッてんで、スーッと奥へひっこんでしまう。あとが大さわぎですナ、何しろ三千人でございます。
甲「あ！　拙者のはどれじゃ、拙者のは……。ウーン、みんな似たようなもので、日ごろ見なれていると思うたが、こうなると、わからンもんだナ、ウン。目印をしておけばよかった」

乙「あいや、内藤氏、それは拙者のではござらんか?」
甲「なに、たわけたことを！　この業物《わざもの》は拙者のだ！」
乙「これはしたり、何を証拠にそのようなことを。それは、たしかに拙者のもの」
甲「なにッ、無礼なことを、かくなれば刀にかけても、汝には渡さん！」
乙「望むところだ、斬取り強盗は武士の習い……」
丙「まアまアまア、ご両所、待たれい、こうなれば、たがいの女房殿を呼んで来るよりほかはない、女房殿が一番見分けがつく——」
三「あーわしのがない、わしのが、見つからん……こっちでは、喧嘩などがはじまったりしますと、」
丁「いや、三太夫さま、何をおさがしで?　三太夫さまなどは、もう御用はないのではございませんか?」
三「何を申す、年はとっても若い者にヒケはとらぬわ」
丁「あー、三太夫さま、これでございましょう?」
三「バカモン、わしのは、さような皮ッかむりではないわい。そりゃいずれ、殿の小姓のだれかであろう。おやッ、これ、内藤、わしのが、貴公の足もとに……これ、足もとに気をつけてくれイ」

甲「えッ、ど、どれでござる?」
三「こ、これッ、気をつけろと申すに……うわーッ、無、無念じゃ、くち惜しい、貴様、この三太夫の一物を土足にかけて踏みつぶしおったナ、情けないッ、うわー」
甲「おう、お許し下されイ、粗相でござる、このフニャマラが三太夫殿のものとは知らなんだ。拙者、紙くずかと思うた」
三「なに、踏みつぶしたそのうえに、悪口雑言、許さぬぞ」
乙「やアやア、ご一同、ご油断召さるナ、女人禁制のこの広間に女が一人まぎれこんでおるぞ、これッ、そこな女、おまえは、奥の腰元の一人だナ?」
腰「ハイ、お許しなされて下さりませ」
乙「なにゆえあってこの場へ忍びこんだ?」
腰「ハイ、奥のご老女さま思《おぼ》し召し、手ごろなものを一本、張形用に盗んで参れと……」
乙「冗、冗談じゃァない!」
　騒ぎのうちに、めいめいが自分のモノを前につけてさがって行きます。
三「あー、ご一同、すべておすみになったかな? うむ、もうだれもおらぬか? おやッ、そこで一人ウロウロしてるのはだれだ、貴様は、槍持ちの可内だな?」
槍「ヘイ、三太夫さま、あっしのが見当たりませんので……」

三「なに、そんなことはあるまい、それ、そこに一本転がっているではないか？」
槍「ええッ、こ、これ……？（指で二センチぐらいの長さを示し）こ、こんなちッこいの……こんなの、あッしのじゃありません」
三「なんでもよかろう、槍持ち風情《ふぜい》が……」
槍「冗談じゃねえや、あっしのはお城一番八寸胴返しッてェ自慢のものだ。どこへいったんですヨ、その胴返しィ……」
三「こみあっていた際じゃ、だれかが間違えたのであろう。それをつけて帰れ」
槍「あんた、銭湯《せんとう》へ行って、下駄をまちがえられたンじゃありませんぜ。こんなちっぽけなものくっつけて……こんなの、なンに使うんですよオ」
三「これ、可内、大きな声では申せぬがナ、さいぜん殿が、いと大きやかなものをおとりになって、お入りになった……」
槍「えっ、殿さまが？」
三「ことわざに、泣く子と地頭には勝てぬと申す。あきらめて、それを持って帰れ」
　宮仕えは辛うございます。泣く泣く槍持ちはお小屋《こや》へ帰りましたが、お殿さまの大奥のほうでは、奥方さまが嬉し泣き。そうでございましょう、夢にまで見た立派なお道具を殿さまがつけて来られたんですから、奥「殿さま、わらわは嬉しゅうございます」

殿「ウム、余も満足であるぞ」

というわけで、それから三日三晩というもの、ズーッとお寝間にこもりっ放し、四日目になりますと、奥方さま、さすがにヘトヘトになりまして、

奥「殿さま、わらわはもう腰が立ちませぬ、殿もさぞかしお疲れでございましょう」

殿「ウム……いや、どうしたことか、余は一こうに疲れぬぞ」

奥「まア、なんとお強くなったことでございましょう。それにしても、もしか殿さまの〝腎《じん》〟が枯れますと大変でございます。ここらで、ちょっと表へお出ましになりましてはﾞ？」

殿「ウム、そういたすか？」

と、殿さまが広縁へお立ちになると、三太夫がバタバタバタッとやって参りまして、

三「申しあげます」

殿「ム、三太夫か、なンじゃ？」

三「ハ、ただいま、槍持ちの可内めが……」

殿「なに？」

三「腎虚《じんきょ》となって、倒れました――」

道鏡

えー、『道鏡』というお噺《はなし》をば一席うかがいますが……。

この、男性というものはすべからく、自分のもんが大きいとか小さいとか、自分の持ちものをとかく気にする方が多いようですナ。なんかこの……週刊誌やなんかの身下《みのした》相談なんかを見ましても、自分のは短小ではなかろうかちゅう悩みがずいぶん出ておりますようですが、まァ大きいということになりますと、古来、このわが国では弓削道鏡《ゆげのどうきょう》という人がいちばん大きかったそうで、これは丹波国弓削村《たんばのくにゆげむら》の生まれやったと申しますが、おもしろいですナ。えー、川柳と申しますものはずいぶんおもしろいことを申します。

弓削村で面《つら》じゅう鼻の子が生まれ

てなことを申します。鼻の大きいのはあそこが大きいんやそうですナ。こらァどなたが

お決めになりましたものか、昔から鼻の大きいのはあそこが大きい、え、口の大きい女性はあそこが大きいてなことを申しますが、

弓削村で面《つら》じゅう鼻の子が生まれ

なかなかおもしろい川柳で、弓削道鏡が生まれたときは顔じゅうが鼻やったと申しますんですから恐れ入りますナ。

さて、そういう子供がでけてみなはれ、そらもうおかあちゃんてなもんは心配でしょうがない。「こんな大きいのン、これどうもないやろかしら……」

えー、われわれ小さい時分に、よくみみずにおしっこをかけると、あそこが腫《は》れるてなことを申しましてナ、また事実みみずというのは電波みたいなもんがあるんやそうで、この電波がおしっこを伝わってらっきょみたいなもんの先ィ、ビビビッとこうくるんですナ。それであれが腫れるてなことを申します。ほんまかうそかわかりませんが……。

えー、で、またこのみみずにおしっこをかけて腫れあがったやつは、このみみずに「ごめんなさい、ごめんなさい」ちゅうてみみずを洗うてやりますと、これが癒《なお》ると、こう言う。ですからよく道端《みちばた》でおしっこをするときには、われわれ子供の時分に、「めめずも蛙《かえる》も、どなたもごめん」ちゅうておしっこしたもんですけども……。

えー、川柳のほうでもやっぱりそれを申しますがナ、

数千のみみずを洗う弓削の母

という川柳がございます。こらァもうおかはんもえらいこっちゃったでしょうナ。こんな大きいのはどこでみみずにおしっこをかけよったんかしら、またどこの道端でおしっこさしたときにみみずにかかったんかしらと、母親は心配で村じゅうのみみずを取ってきて、壺《つぼ》へ入れましてナ、これをパーッと壺の中で洗うたというぐらいのもんで、そのときにさわってみた感触が自分のンとあんまり似てたんで、弓削道鏡のおかはんは、

「ははァ、するとあたいのはみみず千匹かしら……」

そんなこと思うたか思わんか知りませんが、

村じゅうのみみずを洗う弓削の母

という川柳もあるぐらいでございます。かなり大きかったんでございましょうなァ。

これが年ごろになりますと、

道鏡は坐《すわ》ると膝《ひざ》が三つ出来

てなことを申します。まァ正坐いたしますと膝が三つあるように見えたちゅンですさかいに大変なもんで、いかに大きかったか。

道鏡の幼名《ようみょう》たしか馬之助

てな川柳があるぐらいのもんですさかい、馬なみの持主やったんですナ。

それから、お風呂へ入るときはえらいこっちゃったそうですな。普通まァ誰でもお風呂へ入りますときには、右足なり左足なりからお風呂へつけます。ドボン……ドボン……（小さく）ポチャンと、これがたいがい風呂へ入る音。え？　いえ、足が一本ずつね、ドボン……ドボン……と入って、まん中の足がジャボンと、こう言いまンねんナ。

ところがあんた、弓削道鏡はそやなかったそうですナ。（小さく）ドボン……ドボン……（大きく）ドップーンと、こう言うたちゅンですさかいに、ハッハハハ、恐ろしい噺《はなし》があったもんで……。

また、この道鏡が体を洗《あろ》うとりますときに、

「おい、おい、おいッ」

呼ばれたんで、

「なんやァ？」

ちゅうてひょっと立とうとしたら、おのれのもんをおのれで踏んでこけたちゅンですさかい、

「痛いッ」

大騒ぎでございますが、よほど大きかったとみえますナ。

ところが年ごろになりますと、この道鏡の相手をするご婦人がない。たまに町へ出ましてお女郎買《じょろか》いに行きましても、相手をするやつがみないやがって逃げてしまう。

「あァ、世の中にわしぐらい、はかない人間はない。遂に一生を、女のひとというものを知らんと死んでしまうのンかしら」

嘆き悲しんでおりますと、あァ神さんというものはうまいことこしらえてくれはるもんですナ。時のやんごとなきお方が、これが大変に間口の広いものをお持ちやったそうで、どういう人がお相手をいたしましてもご満足あそばされるということがない。えー、これまた嘆き悲しんでおりますところへ、道鏡という非常に巨大なモノを持った男がいるということが、都へ聞こえまして、どこからともなくお耳に入って、「その者を召しだすように」ということで勅使《ちょくし》が下《さ》がりました。弓削村へたずねてまいりまして、道鏡の家を訪れた。

「こちらが道鏡殿のお宅でござるか」

「へへーッ」

「うむ。恐れ多くも畏《かしこ》きあたりよりの勅《みことのり》によって、麻呂《まろ》が検分《けんぶん》にまいった」

マロが来たんですナ、これが……。で、このマロが来て、〃ロー〃やなしに〃ラー〃のほうを調べたというんですからナ、そらァおもしろいもんができあがったでしょう。

天が下《した》二本はないと勅使ほめ

と申しますから、いやァ、

「天下広しといえどもこれほどのものは二つとござるまい。麻呂も満足に思うぞよ」

天が下二本はないと勅使ほめ

ということがございます。

さて、ところがいよいよこれが都へのぼるということになりまして、それまではよほど間口が広かったんでございますナ、

道鏡が出るまで牛蒡《ごぼう》洗うよう

どんな方がお相手をしても思いが至らなんだ。今度こそはというわけで、道鏡が控えておりますところ、御簾《みす》の向こうからやんごとなきお方が、声をおかけになろうという段どり。

氏なくして道鏡玉の腹《はら》に乗り

とも申しますナ。〝氏なくして乗る玉の輿《こし》〟てなことを申しますが、玉の輿やないんですナ。

氏なくして道鏡玉の腹に乗り

うまいことしよったもんですナ。

えー、さて、はじめてのおめみえということになりますと、しかし最初から、「さァ、どうぞこっちへ」、「へえ、あんたに逢いたかったんです」、「どうぞお乗り」と、そうはいきません。やんごとなきお方でございますから、御簾《みす》を隔てまして道鏡が控える。

「弓削道鏡とはそのほうか」

とお声がかかる。うるわしい声やったそうですナ。

「苦しゅうない、面《おもて》をあげい。……いや、そのほうの面ではない。もうひとつほうの面もあげてみせい」

「はッ、なれど……」

「苦しゅうない、あげてみせい」

もうこのときには道鏡、自分のモノを持て余すぐらいに大きィなってたんですナ。ですからモノをお腹のほうへひっつけまして、その上から帯で結んで誤魔化してたというぐらいのもんで、膝が三つになってはさすがに申しわけないと思うたんでしょう。

「では恐れながら……」

するするするッと帯をほどきまして、前をくつろげる。咽喉《のど》のあたりまでこようかというやつが隆々《りゅうりゅう》りゅうーッと天を目ざしていなないていたと申します。いななくというと馬のようですが、いや、馬がお辞儀をするというぐらいのやつが、高く天を目ざしてそびえ立っております。たいがい、やんごとなきお方の前でございますと、もう、ちィーそうなるもんですが、えー、大体においてびくっとしただけでも縮みあがるというぐらいのもんですから……。これがもう袋を供《とも》に連れまして天を目ざしていないないている。あそこも太いが、肝《きも》も太いという、男は道鏡（度胸）でございます。

艶色古川柳

下の口うえよりはやくものを言い
（口でくどくよりまず下の口を使っての実力行動）

三味線の代わりに枕《まくら》取り出《いだ》し
（お座敷に芸者が呼ばれたが、仕事は床。三味線の下手は転ぶが上手なり）

かすがい

えー、当今はあまり見かけませんが、以前はてえと、かわらけ（土器）というものがございまして、ゴマを炒《い》る、豆を炒る、あるいはお盆のお精霊《しょうろう》さまを迎えるとき麻幹《おがら》をたく、なんてんでいろいろに用いたもので……。

よく、むかしの仇討ちなんかのとき、水盃を交《かわ》すのもこのかわらけで、飲んでからピシーッと土ィ叩きつける。土にかえるてんで、これが用いられたんだそうですナ。

それから、てまえども仲間がよく演《や》ります『愛宕山《あたごやま》』てえ落語《はなし》がございますが、コン中で〝かわらけ投げ〟てえのが出て参ります。ヒョイと投げるてえと、風を切ってヒューッととんでゆく。空とぶ円盤の卵みたいなものであります。

当今の瀬戸ものなんかと違って、まことにふわーッとした焼きもので、江戸では今戸《いまど》あたりで焼いたものでございます。

これは明治も中ほどのおはなしですが、その時分はてえと、外国のかたが日本で、いろんな商売をしていたもので、ロシアのかたが、顔中ひげだらけ……いえ、ひげの中からチョイと顔がのぞいているというような大層な顔で、よくこのォ、ラシャの生地を売りに歩いたもので、

「(カタコトで) えー、ラシャは、いりませぬか」

なんてんで、こういうカタコトみたいな日本語が、当時でいう舶来《はくらい》気分。外国のものは上等だてんで、よく売れたそうでございます。

そのほか、中国のかたが、随分と日本におりまして、いろんな商売をしておりました。瀬戸物によくヒビの入ることがありますナ。料理屋さんなんかで、相当な値打ちのある九谷《くたに》焼の大皿を割ってしまっただの、花瓶《かびん》を落っことしちゃっただの、粗相《そそう》したり欠いちゃったりする。こういうのを焼き接《つ》ぎをしてまた使うんですナ。中国のかたは器用ですから、この焼き接ぎ屋を大分やったようで……。

焼き接ぎてえのは、うわぐすり (釉) をつかって、割れ目ンところをピタッとはりつけるのでありますが、この焼き接ぎのほかに、かすがい (鎹) てえものを打った。大抵は銀で、ごくいいのが金。安いのが真鍮《しんちゅう》ですナ。相手が瀬戸物ですから、なかなか穴をあける

のがむずかしい。そいつを中国のかたは、特別な技術を持っている。手先が器用なんですナ。

「やきつぎやで、ござい……」

「かすがいやで、ござい……」

てんで、随分と、街で見かけたものでございます。

中国人の焼き接ぎ屋「(カタコトの日本語で) コンニチワ、コンニチワ……」

亭主「おう、なんでえ」

焼「オタク、セトモノノ、コワレ、ナイカ」

亭「えッ?」

焼「オタク、セトモノノ、コワレ、ナイカ」

亭「ああ、焼き接ぎ屋だな」

焼「アタシ、ヤキツギデモ、カスガイ、ウツヨ」

亭「ほう、かすがいも打てるのかい。焼き接ぎ屋は随分いるが、かすがいを打つなァ少ねえからなァ。ああ、ちょっと待ちねえ。

おーゥ、おっかァ、おっかァ……」

女房「なんだいッ。ここは野中《のなか》の一軒家じゃァないんだから、いっぺん呼びゃァわかるよ」
亭「またあんなこといってやがる。男だか女だか、わかんねえような返事をするない。おい、せっかく、焼き接ぎ屋が来たんだ。何か割れたものはねえかい？」
女「なにおッ？」
亭「瀬戸もんの割れたのかなんか、ねえかってきいてんだよ」
女「みんな、捨てちゃったよ」
亭「なにも、捨てなくったっていいじゃねえか。なんかひとつぐれえあるだろ？」
女「めし食う茶碗も満足にないくせして、なにが焼き接ぎだい。ねェ、うちァそんな大層な身上《しんしょう》じゃねえよ」
亭「そう邪険《じゃけん》にいわねえで、何か割れたの捜せやい」
女「割れたもんなら、何でもくっつくのかい？」
焼「アタシ、ワレタモノ、ミンナ、モトモトドオリ、ナオスアルヨ」
亭「ほうら、焼き接ぎ屋さんだって、ああいってるじゃねえか。あったらだしなよ」
女「じゃァ、なおしてもらおうかね」
亭「なんだい、皿か、茶碗か？」
女「娘だよ」

亭「え？」
女「うちの娘だよ」
亭「うちの娘が、なんか割ったのかい？」
女「割ったんじゃない、割られたんだよ」
亭「なにを？」
女「新鉢《あらばち》（処女）を、割られちゃったじゃないか。となりの新公に……」
亭「ああ、そうかァ、新鉢をなァ……。こらァ、あんまり大きな声じゃ頼めねえな。でも、一応きいてみよう。
　おい、焼き接ぎ屋さァん……」
焼「ナニカ、ヨウデショウカ」
亭「おめえ、ちょっとこっちィ入ってくれ。そうそう、戸を締めて……ピチッと締めなくちゃいけねえ。で、おめえ、割れたものは、なんだって、かすがいでもと通り直すってったなァ」
焼「アタシ、ワレタモノ、ナンデモ、モトモトドオリ、ナオスアルヨ」
亭「じゃァ、うちの娘を、なおしてくれ」
焼「オタクノ、ムスメ、ナニカ、ワッタカ？」

亭「ああ、割っちゃった」
焼「ナニ、ワッタ？」
亭「新鉢を割っちゃったんだ」
焼「アラバチ、ワレタ？　オタクノムスメ、イクツ？」
亭「十五だ」
焼「ハエテルカ？」
亭「さてな、そいつは親父《おやじ》の俺にゃ、わかんねえて。いつも一緒に、銭湯へ行ってるから、かかァにききゃァわかるだろう。
　おーッ、おっかァ」
女「なんだよォ」
亭「うちの娘なァ、生えてるか？」
女「まだ、スベだよ」
亭「まだ生えてねえとよ、スベだとよ」
焼「ソレ、ダメヨ」
亭「どうして？」
焼「カワラケワ、カスガイ、キカナイヨ」

かつぶし屋

えー、『かつぶし屋』というおはなしを申しあげます。只今ではあまり仲間も演《や》りませんから、珍しいかと存じますんで……。

只今も、日本橋あたりへ参りますと、大きなかつぶし屋さんがございますが、創業はたいてい江戸時代だそうで、むかしからさかんだったご商売でございます。これは、そのむかしのおはなしで……。

どのご商売でも楽な商売てえのはございませんが、見た目にいちばん楽そうで、よその店の小僧がうらやましがったてえのが、このかつぶし屋てンだったそうですナ。そりゃァ荷が着いた、それ荷を送りだすんだなんてえときァ、戦場のような騒ぎになりますが、ふだんはてえと、南向きの日向《ひなた》へゴザを敷いて、そこへ小僧さんたちが、胸からよだれ掛けの親方みたいなものを掛けまして、あぐらァかいて、そうして自分のまわりに、ズーッとかつぶしをならべます。

あぐらァかいたその股《また》の間へ、かつぶしを一本持ちまして、乾いた雑巾《ぞうきん》で磨きをかける。中にはもう手が動かなくなって、半分眠っている小僧もいる。

「おう、吉ドン、吉ドン……」

「うわーい、もう喰えねえ……」

何か食べている夢を見ている……なんてえのがある。傍《はた》からこんなのを見れば、こんな楽な奉公はありません。

小僧同士、若い者同士ですから、磨きながら、空《あ》いた口でしゃべっている。

亀「金《きん》ドン、きいたかい、角《かど》の小間物屋のお花ちゃんが、嫁入りするんだって話……」

金「そうだってなァ、亀ドン……」

亀「何でもさらい月だてえことだ。ほんの二、三日前よ。お花ちゃんがうちの店へ来て〝かつぶし見せてちょうだい〟というから、こっちはてっきりご祝儀ものだと思ってネ、いろいろ上物を見せたんだよ……」

金「ふンふン……」

亀「そうしたら、生地枯（白っぽくて割れ目の多い劣等品）を指さして〝これでいいわ〟というじゃないか」
金「ふンふン……」
亀「〃これじゃァお遣《つか》いものにはなりません〃っていうと、〃いいのよ、ウチの三毛《みけ》にやるんだから〃ってやがる……。猫も一緒に、嫁入りのとき連れてくんだってさァ」
金「ああ、俺も、猫になりたい」
亀「なにォいやがる……」
金「そうそう、小間物屋の裏の横丁の、塩豆屋のかみさん、また孕《はら》んだそうだって評判だよ」
亀「すると、えーと、十歳《とお》を頭《かしら》に六人目か。商売柄とはいえ、マメなもんだなァ」
金「なんでもネ、あそこの家主《おおや》がイキな親父さんで、子供の生まれた家ァ、店賃《たな》を半分にしてくれるんだそうだ。だから、セッセと産めば、もっとくらしが楽になるって、いってたよ」
亀「じゃァ、二十四人ならタダになる」
番頭「おいおい、お前たち、しゃべってないと、仕事できないのかッ!」
金「そらッ来た! また番頭さんのカミナリが落っこちるぞ」
亀「またおきまりの、かつぶしの講釈だよ。頭をさげてると、スーッと小言が向こうへ流れて行く……。頭ァさげなよ」
番「なにッ?」
亀「いえ、ほんのひとりごとで……」
番「おまえたち、いつも言ってることがわからないかい。かつぶしというものはナ、生《なま》鰹《がつお》からカビ付になるまで、七通りの製造過程をくぐってくるんだよ。生魚《なまざかな》やメザシなんかとは、わけが違うんだ。
ひとくちに鰹といったってマガツオ、スジカツオ、ソーダガツオといろいろある。ひとくちに産地といったって九州の薩摩から四国の土佐、それに紀州、伊豆といろいろある。うちの品物は、土佐のマガツオで、それも目に青葉、山ほととぎすのころに獲れた最良品が原料だ」
金「ほらほら、こんどはかつぶしの造り方になる」
亀「言いだしたらとまらないんだから、いやんなっちまうよ」
番「なにッ!」
亀「いえ、ほんのひとりごとで……」
番「節《ふし》のつくりかたというのがむずかしい。まず生《なま》切りで頭を落とし、身を卸《おろ》し、合断《あいだち》の順で雄《お》節、雌《め》節をわけるんだ。背《せな》のほうが雄《おす》で、腹のほうが雌《めす》だ。だから雄のほうがトンがっていて、雌のほうがへこんでいる。こういうところは、人間さまとよく似てらァ。こらッ、笑ってる奴があるか。よくきいてないと、いい商人にゃァなれないぞ。

で、合断でもとの型をつくると、こいつを半刻《はんとき》（一時間）近くも煮て、冷えたら骨抜きだ。この骨抜きが大変で、日をかけ手間をかけてそっくり抜き取る。形がくずれやすいから、スリ身をつくっておいてソクヒ（修理）をする。ここまでが大変だが、これからがまた大変だ。

乾燥の仕事といって、まず松の薪《まき》で一番火を入れる。冷やしては入れ、冷やしては入れて、五番火まで入れて火止めにする。それから四、五日が焙《あぶ》り、また四、五日を天日《てんぴ》で乾かして桶《おけ》詰めとなる。これを鬼節とか荒節という。

さて、これからが大事なことだ。

桶につめると四、五日して、節の表に湿気が出るから、これを庖丁《ほうちょう》でけずり取る。それをやって、四、五日天日で乾《ほ》して、箱へ入れてまた倉入れする。七、八日すると幸い一番カビが生える。そいつを払う。また樽詰めにして十四、五日すると、ネズミ色の二番カビが生える。そいつを払う。

次から次へと、カビ払いをして、ベッ甲色に磨きあげるのが、おまえたちの仕事だ。かつぶしというものは、そういうもんなんだ。だからどうしても値段が張るわけだ。ぺチャクチャしゃべりながらの、遊び半分ではかつぶしが泣くぞ。わかったかッ、わかったな！」

てんで、帳場越しに番頭ァ、ようしゃべる。

その時分の大店《おおだな》の番頭てえのは、堅い一方で、お店に奉公してもう三十年の余。年ァもう四十にもなって、額のあたりが少《すこ》うしうすくなり、白いものもびんのあたりにチラホラ混じって、知らない人が見たら、あれが主人かと思うほど……。

この番頭がやっぱりその口で、酒も飲まない、遊びもしない。芝居にも行かなきゃァ、寄席ものぞいたことがない。本も読まなきゃァ、物見遊山《ものみゆさん》にもでかけたことがない。碁将棋はダメ、まして花札、賽《さい》コロなんぞいじったこともない。算盤《そろばん》と大福帳とにらめっこして毎日を暮らす。おまけにその年ンなっても独身者《ひとりもん》ときているから、何の楽しみで生きているんだかわからない。

こういう人ァ、孤独が好きで、想像力がたくましいんだそうですナ。

……そろそろ店を持ちたいとも思うし、主人もすすめてくれるが、店を持つについちゃァ金も要《い》る。そうすりゃァ当然女房も持たなきゃァならない。小僧も置かなきゃァならない。女房がもし浮気でもしたらどうしよう。ヘンな小僧が来て、使い込みでもされた日にゃァ、一生懸命かせいでも何にもなりゃァしない。それより、こうして、番頭さん番頭さんと立てられて、帳場をあずかっているほうが、どれほど気楽だか知れない。
一にも仕事、二にも仕事……てんで、年ィ取ってしまった。
金「(小声で)亀ドン!」
亀「(小声で)何だい?」
金「(小声で)番頭さんが、まだこっちを向いてるぜ」
亀「(小声で)なァに、大丈夫だよ。こうやって、手だけ動かしてりゃァ、わかりゃァしないよ。日いっぱいで、あと十本ばかりだから、わけァない……」
金「おい、亀ドン、亀ドン……」
亀「なんだい、うるさいな。大きな声をだすと、またどなられるぜ」
金「もうどなりゃァしないよ。番頭がしゃっちょこ張って、表を見てるぜ」
亀「何だい?」
金「見てみろよ、ほら、あっちから来るのは、本家のお嬢さんだろ」
亀「どうれ……。あ、違いねえ、お嬢さんだ。また随分、今日は足早だな。着物のすそをひるがえして、どこへ行くんだろう?」
金「こっちへ、来るんだよ。ああ、来た来た」
亀「今日は、ひとりで、何事かな?」

金「おう、番頭の顔を見ろよ。糞詰《ふんづ》まりの犬みたいに、ウロウロしはじめたぜ」
亀「そうだ、あの番頭は、お嬢さんに〝ホの字〟だ」
金「番頭はホの字でも、お嬢さんのほうは〝シの字〟だよ」
亀「なンだい、そのシの字てえのは？」
金「知らん面の、シの字さ」
亀「そういえば、こないだも、〝ああ、本家のお嬢さァん……お嬢さんと一緒になりたァい〟って、寝言いってやがった……」
金「ところが、お嬢さんのほうにとっちゃァ、番頭も奉公人の一人ぐらいにしか思ってないらしいから、とても〝おせつ徳三郎〟というようなわけにはいかないよ」
亀「それにしても、お嬢さん今日は何だろう。ご宗旨がかわったのかな……」
番頭は、お嬢さんが店に入ってくるのを見すまして、
番「さァさァさァ……、金ドンに亀ドン、吉ドンに留ドン、定ドンに源ドン……、さァ、もっと精出して磨いておくれよ。横向いてちゃダメだ。ムダ口はいけないよ。さァさァさァ……。
あー、お嬢さま、エヘヘ、いらっしゃいまし……」
嬢「まァ、相変わらず忙しそうね」

番「へえへえ、今日は、大旦那さまと奥さまが、お揃いでおでかけになりましたんで、えー、あたくしがこうして……えー、お店をすっかり、おあずかりしておりますんで、へえ……。で、今日は、お嬢さま、何か急な用事でございますか？」
嬢「いえ、別に用ってほどでもないけどネ……、あのォ、ちょっと借りものに寄ったのヨ」
番「借りもの!!　へえ、さいですか。あたくしでお役にたつことでしたら、何なりと……。で、おいくらぐらい？」
嬢「お金じゃないの。ちょっと、は、ば、か、り、を……」
番「ああ、はかりでございますか？」
嬢「いえ、はばかりヨ」
番「うへッ！　はばかりですか？」
嬢「あたしネ、今日用事があって、よそへ行く途中なんですが……、よそで借りるのいやでしょ……。急いでお店へ、寄ったのヨ」
番「はァ、さいですか。へえ、じゃァ、奥のがあいておりますんで、さァさァ……。えー、こっちのは、小僧や女中が、小便をひっかけたりして汚れてますから、どうぞ奥のをお使いください。あちらはすっかりきれいになっておりますから……」
嬢「そォ、じゃァ、お借りするワ」
番「へえへえへえ……、どうぞごゆっくりと……」
金「亀ドン」
亀「え？」
金「見なよ、番頭を。また始まったぜ、犬の糞詰まりが……」
亀「ほんとだ。耳にはさんだ筆を落っことして……、おーッと踏んじまやがった。あーあー、足袋《たび》がまっ黒だ」
金「算盤を、さかさまにして、弾《はじ》いてるぜ」
亀「引き出しをあけてるよ、何か捜してる……。中腰で……」
金「帳面を……、古い帳面をひっぱりだして、ビリリと破いて……、あ、立ちあがった」
亀「どこへ行くんだろう？　きいてみよう。もし、番頭さァん！」
番「うるさい、はばかりへ行くんだ！」
亀「はばかりなら、あいてますよ、店のが……」
番「ばかッ、店のなんか、きたなくて使えるかッ。奥へ行く！」

亀「だって、奥はお嬢さんがお入りになってるでしょう」

番「入ってたって、別に一生入ってるわけではない。まもなく出てくるだろう。きっと出てくる。ほーら、出て来た……」

嬢「番頭さん、どうもありがとう……。あたし、お友達をそこに待たしてあるので、これでご無礼するワ。じゃァ、お店、頼んだわヨ。では、さいなら……」

番「へえへえへえ……。いつでも空《あ》いておりますから、どうぞせいぜいご利用くださいませ。へえ、店のほう、万事心得ました。はい、ごめんくださいまし……」

送りだしたあとで番頭、いまお嬢さんが出たばっかりのはばかりへ、スーッと入った。小のほうじゃァなくって、大《だい》のほうです。

尻をくるッとまくって、ふんどしをはずして、しゃがみ込む。気のせいか、まだお嬢さんの足のぬくみが残っている。髪のものの匂いやなんかが、そこはかとなくただよっているような感じです。

さきほども申しましたように、番頭は四十にもなるのに、まだ独身《ひとり》。孤独が好きで、想像をめぐらすことが好き――。あの、きれいなお嬢さんが、ここでこォまたいで、踏んばって、用を足したんだナ、ウフフ……。

そうして、紙を、こォ揉《も》んで、こうやって……。

と、考えておりますうちに、むっくりと頭をもたげて参りましたのが前のもの。右手の指が、それにさわる。小僧のころ、長年日なたぼっこしながら、商売ものを磨いたその手つきが、自然にでてきたんですナ。磨く手の動きが、だんだん忙しくなる。目を半眼《はんがん》にとじる。昏から妙な声がもれ始めた。

話かわってお嬢さん。さっきの用足しのとき、何か落としものをしたのを思いだして、また戻って参りまして、店先で下駄をぬいでツツツツツ……。

番頭が入っているとは知りません。トントンとも案内《あない》を乞わずに、奥のはばかりの戸をサーッ！ 番頭は夢中でやっている。

嬢「あらッ!?」

番「うわーッ、お嬢さん！ こ、このくらいのかつぶし、お宅にありますか？」

嬢「うちは問屋《とんや》。かきかけは売りません」

艶色古川柳

死にたいのにの字を抜いて欲しい後家
（この種のものを置き字という。〃に〃の字を抜いたのが後家の願望）

天と地の動きは日本国が寄り
（激しい震動から日本が寄るという秘語がある。スケール雄大）

女房の損料亭主五両とり
（享保のころの間男内済料は七両二分だったが、幕末には五両に低下した）

新《あ》ら世帯油のいらぬ夜なべなり
（行燈は油を使った。油代も安くない。油のいらない徹夜仕事）

魚の狂句

清八「こんちは！」
旦那「おーお、清やんか、よう来たなァ。まァあがり」
清「へえ、おおきに！　きょうはァひとつ、新町へお供しようと思いまして……」
旦「これェ、大きな声やなァ。家内が奥にいてるのに……。ちっと、気をきかし」
清「あーッ、これはすんまへん。（小声になって）あのォ、新町へ……」
旦「いまさら内緒で言うたかて間に合わんがナ。そらまァ、うちの家内は、わしがどこへ遊びに行こうとゴテゴテと言いもせんし、また、言わしもせんけど、新町やァ、堀江やァと大きな声で誘いにこられたら、店の者の手前もあるやないか。
　そらー、お前《まえ》はんが誘いに来てくれたら、わしはどこへでも行くけど……。　そやよってに、これからはナ、新町や、南やと明《あか》らさまに言わんと、ちょうどええ魚《うお》の狂句がでけたあんねん。それで誘いに来てくれたらナ、はたの者（そばの者）にはわからず、わしにはようわかる。ははーん、きょうは、どの方面やなァと支度をして出て行けるやろう。これからは、狂句で誘いに来てもらうことにしよう」

清「ああ、さよか。承知しました。そんなら、きょうみたいに新町へ行こうと思うたら、どない言うたらよろしい？」

旦「そうやナ。新町なら〝うしお煮や、鯛《たい》の風味の名も高し〟と、こう言うて欲しいねん」

清「へえー、なるほど。うしお煮や、鯛の風味の名も高し……と。ほんに、新町らしゅう聞こえまんなァ。そうすると、南へ行こうと思いましたときは？」

旦「南の時は〝鯛よりも、その勢《いきお》いは初鰹《はつがつお》〟と、な」

清「なるほど、南らしゅう聞こえます。そなら、島《しま》の内《うち》やったら？」

旦「島の内なァ。島の内は〝葉しょうがを、ちょっと相手に鰈《かれい》かな〟と言うてもらおう」

清「へえ。で、北の新地の折は？」

旦「北の新地やったら〝風鈴の、音もすずしき洗い鯉〟やな」

清「ふーむ。風りんの音を聞きながら、鯉の洗い……。北の新地の感じだんなァ。そいから、堀江は、どうなります？」
旦「堀江ならやナ〝昆布巻《こぶま》きの、中に鮒《ふな》あり、もろこあり〟じゃ」
清「そしたら、松島は？」
旦「松島やったら〝たま味噌の、あと土臭きぼらの汁〟やなァ」
清「ははーん、ちょっと落ちよるんだすな。しかし、どれもうまいことでけてまんなァ。そのほかには、なんぞ粋《いき》なもんは……」
旦「うん。ちょっと粋なのに、色事《いろごと》の狂句があるナ。女の味をみな魚《うお》に詠《よ》んだある」
清「へーえ、どんなんです？」
旦「そらァ、女にもいろいろあるように、狂句のほうもいろいろあるがナ」
清「そんなら、まず、娘の色事から行きまへょか？」
旦「行きまへょか……、てな、おかしな言い方しィないな。娘の色事は〝酢《す》につけて、まだ、水臭《みずくさ》きさよりかな〟と詠んだあるなァ」
清「ほんに、娘の色事らしゅうアッサリした感じで……。なるほど、すると、お妾《てか》はんの場合は？」
旦「うん、お妾《てか》はんなら〝石鰻《いしなぎ》や、毒のあるのを知りながら〟じゃ」
清「ふーむ。で、後家《ごけ》はんやったら、どうなります？」

旦「後家はんは〝匂《にお》いには、誰もこがるる鰻《うなぎ》かな〟と、したあるなァ」
清「うむゥ、なるほど。後家はんは、かば焼の匂いみたいに、食欲をそそりまっか。なーるほどねえ」
旦「けったいな声をだしなちゅうのに……」
清「そうすると、おんば（お乳母）はんは？」
旦「いろんなもんがでてくるなァ。おんばはんやったら〝喰えば喰う、見ては不粋《ぶすい》な鯰《なまず》かな〟とな」
清「おなごし（女中）は？」
旦「えらい落ちてきたナ。おなごしなら〝つまみ食い、あと生臭《なまぐさ》き鰯《ゆわし》かな〟じゃ」
清「そしたら、女の尼さんは？」
旦「女の尼さんと言わんかて、尼さんは女にきまったあるがナ。尼さんは〝たこ、いかは、なぜに魚のようでなし〟や」
清「たこ、いか……とは面白うおますなァ。すると、間男《まおとこ》やったら？」
旦「間男？　お前、間男なんてしなや」
清「せえしまへんがナ。そやけど、狂句にしたらどうなるやろうと思て……」
旦「間男なら〝ふぐ汁や、鯛《たい》のあるのに無《む》分別《ふんべつ》〟と言うたある」

清「ほんに、間男は、ふぐと一緒で危ないわい。そうすと、うちの女房は？」
旦「わが女房は〝これはまた、なくてはならぬ鰹《かつお》ぶし〟とはどうじゃ」
清「なーるほどねえ。これはまた、なくてはならぬ鰹ぶしィですか。ほんに、ようできたある。これはまた、なくてはならぬ鰹ぶしィ。ふーむ、女房は鰹ぶしだすか……。これはまた、なくてはならぬ鰹ぶし」
旦「お前《ま》はん。えらい鰹ぶしが気にいったんやなァ」
清「へえ。それで、あんたを〝だし〟にしてます」

艶色古川柳

帆《ほ》ばしらへ相模《さがみ》は舟をおっかぶせ
（相模女は好色とされた。帆ばしらは勃起した逸物。おっかぶせは女性上位）

三軒長屋（お手々ないない）

えー、落語の舞台はてえと、長屋が多いようで、このおはなしも、その長屋でございます。

むかしの長屋てえのは、ちょいと今の若いかたには、おわかりになりにくいようでございますんで、申しあげますと、三十軒なら三十軒、五十軒なら五十軒、まっすぐに壁をつけちまって、両脇の勾配《こうばい》に屋根をつける。仕切りてえのが、全部壁になるわけで……。

間口《まぐち》はてえと、九尺（二メートル七三）でズーッと同《おんな》じィで、入り口はあるが、窓ァない。背中合わせ、となり合わせで住んでいる。〃いろは長屋〃だの、〃ハーモニカ長屋〃なんて呼んだんですな。

三尺（九一センチ）の戸を、ガラッとあけるてえと、戸袋《とぶくろ》があって、土間《どま》が三尺で、あがりっぷちに板が敷いてある。これが台所の板で、こいつをはがして、下にぬか味噌だの炭を入れる。その板の先に、流しがあって、脇にへっつい(かまど)があって、上が引窓でございます。座敷てえなア、たいていがひと間ッきりない。
便所《はばかり》などは、表の路地《ろじ》のつき当たりに、二つあったもので、戸なんてえものも、只今と違って、中からしゃがんでいるのが、表から顔がちょうど見えるようになっている。
熊「吉公ッ」
吉「おう」
熊「そっちへ入《へえ》ってるのか」
吉「ウン」
熊「じゃァ、おらァ、こっちへ入らア」
吉「ウーン」
熊「どうでえ、今晩、女郎買《じょうろか》いに行かねえかア」
吉「うーん!」
てんで、両方用が足りちゃったりする。
「いい月だなァ」
って、便所の中から、お月さまをしみじみながめて、これがほんとのウンのツキ……なんてえのも、ここから始まったんで……。

ここは、そういう長屋ン中でも三軒長屋。左ッ側に独《ひと》りもん、真ン中はてえと夫婦もんで、右ッ側が夫婦二人に赤ン坊がひとり。真ン中の夫婦が、痴話《ちわ》喧嘩てえ奴で、

女房「ちょいとォ」

亭主「なんでえ？」

女「おまえさんねえ、メシを噛《か》み噛《か》み、何もでてくこたァないじゃァないかね。少しぐらい、家にいてくれたらどうなんだい」

亭「なにをいやがる。十九や二十歳《はたち》の娘じゃあるめえし、一緒ンなって七年も八年もたっておめえ、いまさら、てめえの面ァ見てたってはじまらねえや。もう見あきたよ」

女「見あきたって、家にいるもんの身にもなってごらんよ。おまえさん、昼間ァ仕事だろ、夕方帰って来て、メシ喰うか喰わないうちに、もう出て行って、あたしが寝てるところへ帰って来るのが、おきまりじゃァないかネ。何のための夫婦だかわかんないじゃないか。あたしの寂《さみ》しいことも、たまには考えとくれよ」

亭「人並みの口をきくねえ。世間ばなしもありゃァしねえじゃねえか。え、てめえとたまにしゃべりゃァ、どうせ近所のわる口ぐれえだろ。ガキ（子供）でもいりゃァ、いくらかたのしみもあるかもしんねえけど……」

女「ソレなんだよ。子供があるくらいなら、こんな苦労はしやしないよ。子供さえいりゃァ、おまえさんなんかいなくたっていい。ね、子供がないから、あたしゃァ、イライラするんだよォ。ねえ、たまには、家にいておくれよ」

亭「ガキがねえなァ、おれのせいじゃァねえや。てめえの畑《はたけ》が荒れてっからよ」

女「なにいってんだい。あたしの姉妹《きょうだい》はネ、みんな子供があるんだよ。あたしだけだよ、ないのは……。おめえさんの種《たね》が粃《しいな》（殻ばかりで実のない籾《もみ》）なんだよッ」

亭「なにをぬかしやがんでえ。おれだって、兄弟みんな子供があるんだ。てめえの畑のほうがわるいんだ」

女「冗談いっちゃァいけないよ。さなきだに（そうでなくてさえ）……というけどネ、あたしゃァ、ほかの男は知らないんだよ。おまえさんだけなんだよ。おまえさん、きっと仕事がドジなんだよ」

亭「なんでえ、仕事がドジだって？」

女「ノミの使いかたが、下手なんだよ、きっと……」

亭「うー、この野郎、おれが大工《でえく》だってんで、ノミたァぬかしゃァがったな。となりの吉公ンとこだって、大工じゃァねえか。吉公はうめえのかい」

女「そうさァネ、半年たたないうちに、子供をこしらえちゃったじゃないか。うまいんだよ、ノミの使いかたが……。いっぺん、見せてもらったらどうだろうねえ」
亭「おいおいッ、丁場《ちょうば》(仕事場)で仕事を盗むンたァ、わけが違うぜ。アレばかりは〝どうやってやるんですか〟って、きくわけにもいかねえし、〝見せてくれ〟とは、なおいえねえじゃねえか」
女「見ちゃうんだよ」
亭「どうやって、見るんだい?」
女「となりとは、壁ひと重だよ。見るようにすりゃァ、見られるよ」
亭「ほう、どうする?」
女「となりで始まったときに、こっちの壁へ穴あけといて、のぞきゃァいいじゃないか」
亭「うん、そうかァ、なアるほど。なぜ、そいつを早くいわねえんだ。じゃァ、よし、壁へ穴ァあけようか」
女「そうくるだろうと思ったからネ、昼間のうちに、もうあけといたよ」
亭「こんちくしょう、わる知恵が回りゃァがるナ。アッハッハ……そうかァ、おらァ、今夜ァ外へ行かねえ」
女「行かないかい?」
亭「ああ、行かねえ。そのかわり、湯へ行ってこよう」

女「ああ、それがいいよ。あたしゃ、やかんに湯をわかしとくから、帰りに茶菓子でも、買って来ておくれよ」

亭「ああ、いいともさ」

てんで、夜ンなるのを待ってます。

女「おまえさん、となりは寝たらしいよ」

亭「うん、そうか、こういうなァ、時機《じき》を外しちゃァいけねえ。おう、ちょっと、おれにも見せろやい。おう、ここんとこか……。うん、なるほど、寝てる寝てる」

女「ちょいと、あたしに見せとくれよ。なるほどね、子供を真ン中に入れて、夫婦が両脇で、〝川という字に寝てみたい〟てえのは、ホントだねえ」

亭「別に、三人ならんだからって、川とはきまっちゃいねえだろ」

女「だってサ、片っぽに舟があって、片っぽは棹《さお》があるから、やっぱり〝川〟だよォ」

亭「ウフフ……、オツないいかたもあるもんだ。おいおい。おれにも少し見せろやい。ウン、ウン……。おう、おっかァ、字がかわったぜ」

女「なんという字に、なったんだい？」

亭「〝三〟という字になったぜ」
女「なんだい、三てえのは？」
亭「亭主が、子供をとび越えて、おっかァのうしろへ回った！」
女「まァ、あたしにも見せとくれよ。
なーるほど……。あッ、また、字がかわったよ」
亭「なんて、字になった？」
女「〝山〟という字になった」
亭「山の字って、どうなったんだい？」
女「下がくっついちゃった……」
亭「そりゃァ大変だ。おい、そこをかわれッ」
見られてるとは知らない、右ッ側の若夫婦は、かみさんが赤ん坊に、乳房をくわえさせている。うしろへ回った亭主はてえと、かみさんの体をブッとかかえて、うしろからスポッと入れたんで、かみさんのほうもわるい気持ちじゃァない。目へゴミが入ったんとは違いますからナ。
でも、アレは風呂であったまってるのとは違って、入れっぱなしてえのは面白くない。おやじのほうが、二、三回、クイックイッと腰をつかう。かみさんはうしろから攻められるから、体がこう、上のほうへ少うし移動する。てえと、赤ん坊にふくました乳が、プッと外れて、赤ん坊がオギャーン……。

「ちょいと、おまえさん、ちょちょッと、待っとくれ。(赤ん坊に)さ、早く、寝とくれよ。ほら、オッパイないないない……だよ。さ、早く、寝《ね》んねだよ……」

子供が落ちつくてえと、おやじがまたクイックイッ。お乳がスパッと取れて、赤ん坊がオギャーッ！

「待っとくれよ。さァ、オッパイないないだよ」

こいつを、夫婦が見ていた。

女「おまえさん、やっぱり、普通じゃダメなんだよ。おまえさんのは、ちょいとのっかって、鶏《にわとり》みたいにチョコチョコだろ。あの型でなくちゃァいけないんだよ。〝オッパイないない〟でなくちゃ……」

亭「ようし、よォくわかった。おれ、今夜ァしみじみやるぜ！ おっかァ、こっちへ来いッ」

女「大丈夫かい！」

亭「べらぼうめ、アタ棒よ」

てんで、始まった。夢中でございます。

女「おまえさん、ああ、もうひと息だよ」

てえと、何を思ったか、亭主はスパッと抜いて、「オチンチンないない」

女「あーら、いやだよ。ダメじゃないかねえ。そんなことをして……。早くさァ、もう少しだよ」

亭主、スパッと抜いて、「オチンチンないない」てんで、ズシンバタンと、大変なさわぎ……。

おどろいたのは、左端の独《ひと》りもんで、
独「なんという、うるさい晩だろうな、今夜は？　となりは、なにをしてるんだろうなア」

ひょいと、壁の割れ目ンとこからのぞいてみると、このさわぎですから、こりゃァたまりません。独りもんですから。ピーンといきり立つ。思わず知らず、右手がこの、道具のところへ行って五人組（手淫《てて》すること）てえ奴で……。もう、我慢ができなくなるてえと、
独「ウフフ……、お手々ないない」

まくら丁稚《でっち》

主人「定吉ィ、いてへんのか。これ定吉ッ」
定吉「かなわんなァこの店《うち》はもう……。丁稚を使わな損《そん》のように思うとるんやァ、夜があけたら定吉、昼になったら定吉、日が暮れても定吉、定吉と、定吉を使わな損のように思うとるんやなァ……。(大声で)へーいッ、何ぞ用だったかァ?」
主「なんてことを言うんや、主人が呼んだら、へえ何ぞ用でおますかとくるのが当たり前や。それをうるさそうに〝何ぞ用だったかァ〟と、立ちはだかって何じゃい!」
定「けど、あんたとこみたいに、丁稚使いの荒い店、知らんわ。これが丁稚やさかいええけど、雑巾《ぞうきん》やったらとうにすり切れてしもてまっせ」
主「そりゃ、なんちゅうことをいうねん。しょうのないやっちゃな、おまえは奉公《ほうこう》という意味がわかっとらんとみえるな」
定「奉公という意味って、なんでやンね」
主「字で書くと〝公奉《きみたてまつ》る〟と書く。キミにたてまつると書くから奉公じゃ」
定「キミにたてまつるが奉公か知らんけど、そう使いたてまつられたら、往生《おうじょう》しィたてまつるわ」
主「なんちゅうことをいうのや。おまえさんは口数が多いのでこまるなァ、ええ、もっと口数をつつしみなはれ」
定「まァまァ、あんたゴテゴテいうのはあとでよろしいがな。あんた用があったさかいよびなはったんやろ」
主「そうじゃ、用があったさかい呼んだんじゃ」
定「そんなら、その用事いうとくなはれ」
主「そうか、そこへ坐《すわ》れ」
定「坐れて、用事がおますのやろ？」
主「用事があるから、坐れ」
定「坐ったら、また立たんなりませんがな。そんな、あんた二重手間なことせんかとて、立っているときにいうてくれたら、別にこんど立つ必要もなし……」

主「(怒って)そういうことをいうもんじゃないわい。主人が坐れいうたら、ちゃんと坐ったらええのじゃ」

定「ちえッ。ほんなら坐りましたがな。で、何や、何や、何でおます?」

主「なんちゅうモノのいいようをするんや。まァまァ、ええわ、小言はあとでゆっくりといいます。これからな、あの本家《ほんけ》へさして、ちょっとお使いに行ってくれ」

定「あ、さよか、本家へ?で、なんちゅうて行きまんね?」

主「うん、そこに風呂敷がだしてある。大けな風呂敷ナ、それを持って、この手紙を持って、本家へ行くのや。ほんでおまえは、ペラペラと口数が多いさかいになァ、本家で叱れるちゅうことがあったらいかんさかいなァ。もう口数を少《すくの》うにナ、なにもいわんかてええ。ただもう〝委細《いさい》はお手紙でおます〟とだけで、そいでいいのやさかいナ、ほかのことは言わいでもええのや」

定「ほたら、この風呂敷、どうなります?」

主「それは、手紙の中に書いてある。向こうでだしはるものがあるさかいに、それをばその風呂敷に包んで、持って帰ったらええのや」

定「ああ、さよか。ほな、行って来ますわ」

主「ああ、用がすんだら早速もどるんやで……。道草《みちくさ》をば喰《く》うちゅなことせんで、早よ行って、早よもどって来るんやぞ」

定「へえー。

（ひとりごとで）ちえッ、ほんまにかなわんなァ。使わにゃ損みたい使うんやからなァ……。なんじゃ知らんけど、まァ大きな風呂敷持って、出しはるもんが軽かったらええんやけど、この風呂敷いっぱい包んで、重たかったらどもならんな……。ああ、ここや、ここや。

えー、こんにちは」

本家の旦那「おー、おー、佐兵衛とこの丁稚やな」

定「へえへえ、さよでおます」

本「ああ、なんぞ用事か？」

定「へえ、用があるさかい、来たんでおます」

本「ほう、おもろいやっちゃ。その用事は何じゃ」

定「へえ、もう、向こうへ行って、何もいうなちゅうて、ウチの旦那はんが……」

本「それでは、何のために来たか、わからんじゃないか。その、なんや、手に持ってるやないか？」

定「へえ、そうです、これ手紙……。〝委細はお手紙でおますちゅうて、手紙だけ渡して、向こうのだしなはるもの、持って帰ったらええ、行って来いッ〃……こない旦那はんがいいはりましたんで、へえ」

本「委細はお手紙で……か、アハハ……おもろい子やな、おまえは。どら見せてみなはれ。(ひろげながら) ほー、佐兵衛は相変わらず。ええ手じゃなァ、よう書くなァあの人は……。なに〃前文ご免下されたく候か、今日《こんにち》、田舎より女客三人参り、まことに申しかね候えども、お空《あ》きのマラ、三つ御貸し……〃(定吉に) おい、これ、この手紙間違《まちご》うてへんか?」

定「いえ、まちごうてしめへん。この手紙持ていて、向こうで出してくださるものをば、風呂敷に包んで、持ってもどったらええと、こう旦那はんが申しますんで、へえ……」

本「(腹立てて) そんなもの、風呂敷へ包んで帰れるかッ! しょうもないやっちゃな、佐兵衛という奴は。えー、わしがそういうてると、去《い》んでいうてくれ。〃いかに日永《ひなが》の折じゃとて、ええ人をなぶるにも、ことによるわい。なんということをいうてくるんじゃ。そんなものないッ!〃ってなァ。

こんなもん、持って帰れッ!」

定「あ、さよか、ほな、去《い》にますわ。出してもらえまへんか?」

本「出すも出さんもないッ。わしが怒ってるちゅうて、そういえッ! 何も持たんと帰ったらええのじゃ」
定「へえへえ……。
（ひとりごとで）丁稚というものは、つまらんもんやな。ウチでは叱られるわ。使いさきではボロクソにいわれるわ、まァ腹がたってしょうがないなァ……。
（やけくそ気味で）只今ァ」
主「なんという元気で、もどってくるんや。どうした？」
定「わて、腹がたってたまりまへん」
主「なにが腹がたったんや？」
定「向《む》この旦那が、わてを、えらいボロクソに怒りますんね」
主「ははァ、わしが、なんにもいわず、なァ、委細はお手紙だけでええというたのに、なんぞまたいらんこというたんと違うかい？」
定「いえ、何も言《ゆ》えしまへん。〝委細はお手紙でおます〟とだけいうたんで……」
主「それで、怒りなはったんか？」
定「へえ、〝いかに日《ひ》永《なが》の折じゃとて、人をなぶるにも、ことによるわいッ。こんど会《お》うたらゆっくり礼をいうさかいに、これ持って行け〟ってな、手紙投げつけましたで……」
主「そうか、何も怒られるようなこと書いたわけじゃないんやで。おまえがいらんこといわなんだら、なんぞそないに、本家の旦那に叱られること、あるかい。　（読みながら）前文ご免下されたく候……と書いてあるやないか。これ、なにが腹が立つ？　今日、田舎より女客三人参り……おまえも知ってるやろ、田舎からな、女子《おなご》の人が三人、ウチへお客に来たやないか。……まことに申しかね候えども……と書いてある。何が腹がたつ、これが、えー、なァ、そうやろ？

まことに申しかね候えども……なァ、お空《あ》きのマラ……えッ、マラ、三つ!?（気がついて）ウッフッ、ハッハッハッハ……そうかァ……」

定「え、わかりましたか？」

主「うん、マクラの〝ク〟の字が抜けてたわい」

羽根つき丁稚

若い時分は、この正月が大変たのしみなもんで、「ああ、また正月が来るなァ」と、たのしんだもんでおますけども。年取って参りますと、正月ちゅうものが来ますと、「ああ、またうるさいなァ、正月なんて来いでもええのになァ」と、ついボヤいたりしますがな。でも、口ではボヤくものの、さて一夜あけて、神棚《かみだな》のお灯明《とうみよう》をあげて、お膳《ぜん》の前へすわって、お屠蘇《とそ》の盃《さかずき》を、こう持ったときの気分、こらまた格別のものでおます。いくつ何十になりましても、いい気分でおますなァ。

元日や神代《かみよ》のままの人ごころ

ええ句でおます。元日早々から夫婦《めおと》喧嘩して、女房のたぶさの毛を持って、表へ引きずりだして、ご近所のご厄介になるてなことは、まァまァございません。

その日のことは朝にあり、一年のことは元日にあり……。元日早々からはなるべく揉《も》めごとのないようにと、みなが我慢したり、心がけとおります。で、元日や神代のままの人ごころ……。

元日やきのうの鬼《おに》が礼にくる

これもええ句でおますナ。ついさきほどまで、「いやァあんた、もう待てまへんで。きょうこそは貰《も》ろていきませんことにはなァ」なんて、鬼みたいな顔をして居催促《いざいそく》した人が、さて一夜あけると、「おめでとうございます。どうぞ相変わりませず……」と、礼にくるのは、こりゃもう元日でおます。元日やきのうの鬼が礼にくる……というわけで。また、

元日や矢立て扇《おうぎ》とさしかえて

これ只今ではちょっとわからん人がおりますが、むかしは矢立て（墨壺と筆を入れる筒。帯にさして携帯した）というものをこう腰へさして、筆が入ってまして、ちょっと字《じ》ィ書くようにできております。いつも商売人が矢立てを腰へさしてるのが、それが元日は矢立てをさずして白扇《はくせん》……あの扇とかわります。これが、元日や矢立て扇とさしかえて……。また、

元日やわが女房にちょいと惚《ほ》れ

こらどうもおかしいようで、元日やから女房に惚れて、二日やからとなりの女房に惚れ

るちゅうのは、おだやかならん話でございますがね。

これは元日の朝、自分がこしらえてやった覚えもないのに、どこでどうつもりしたものか、貧乏所帯の中でやりくりして、女房がちょっと襟《えり》あかのつかん着物着て、で、近所の娘さんが表で羽根ついてます。そん中へ、「お花はん、わたいも入れてえ」ちゅうてから、羽子板がないさかい、ご飯よそうあの杓文字《しゃもじ》持って来て、「ひと目ェ！」カチンなんて突いてますがな。

で、顔見ると、やっぱり鼻の頭をちょっと刷毛《はけ》で叩いたりして、口紅のひとつもさすんで、おやじが寝間の中からこの姿をこう見てますが、おやじは表に出ることができません。と言うのは、着物がないさかいで……。出るに出られぬ亀の正月ちゅうて、布団をかぶって首だけ出してるさかい、そのかっこうが、ちょうど亀のようなので、亀の正月。で、おやじが布団の中から「ふーむ。うちの女房もああしてると、まんざら、捨てたもんでもないなァ」と、ちょっとわが女房にも惚れ直すというのでおます。

元日の朝やなんか、着かざった娘はんが、「ひと目、ふた目ェ」てなことというて、大きな羽子板で羽根をついてますと、男でも仲間入りが、しとうなるもんで、
丁稚友吉《ともきち》「花ちゃん、わいにもいっぺん突かして！」

花「あら、樽屋《たるや》の友吉ドンやわ」

友「なァ、いっぺん突かして」
花「いや！　わてェ、あんた嫌いやさかいに突かしたれへん」
友「そんな、せちべんな（けちくさい）こと言いな。なァ、いっぺんや二へん突いたかて、なにもへるもんやないやないか。いっぺんだけ突かして」
花「いやァ」
というて、逃げかけるやつの羽子板をバッとひったくって、「ひと目ェ」と、男の力で一生懸命つきおった。羽根がピューッと上がったかと思うと、屋根へその羽根が落ちて、コロコロコロコロ……と、小屋根《こやね》の樋《とい》でとまった。
友「わいらもう知らんぞ、わいらもう、知らんぞ！」
と、わるい奴で、娘さんがもうまっ赤《か》いけの顔をしてナ。屋根の樋でとまっているんだっさかいに樋の底をば、こうポンと突き上げたら、ポッと羽根が落ちてくるにきまってます。それを突こうと思って、羽子板で背伸びするんのやけど、ちょっと手が足らん。
大きな涙が、ポロポロポロポロとこぼれてきたとこへ、
婆「ああ、これこれ、あんたではそらァ落ちん、ちょっと背が足らん。わたしがおろしてあげるさかいナ、ああ、泣かいでもいい。ササ、待ちなされや」
と、おばんが突いていた長い竹の杖《つえ》で、樋の底をポーンと突きますと、羽根がコロッと

出ましたんで、
婆「さァさァ、ええか羽根があんたの手にもどったのやさかいナ、もう泣くんやないで、元日早々から泣いたらいかん、そんな涙ァこぼしたら、折角の白粉《おしろい》がはげるがな。まァまァ仲よう遊びなはれ」
羽根がわが手にもどったら泣かいでもよさそうなものやが、そこが娘はんでおますなァ。
娘「ウァン、アーアーン……（と泣く）」
娘の母親「ああびっくりした。いややわァこの娘《こ》は、また泣かされたんか。元日早々から、あんた表で泣く人おますかいナ。大きな声で泣いて……。もうあんた表から泣いてもどる年やないで、あんた、あけて十五になったんやで。それをいつまでもいつまでも子供みたように……。
むかしはナ、三十の中《なか》ら男（三十の半分の年齢の男）ちゅうて、男は十五になったら、もう一人前になったんや。女子《おなご》かて十五、六になったら嫁入りしたくらいや。みっともない、どないしたんや。なんで泣きなはる？」
娘「わて、表で遊んでいたら、樽屋の友吉ドンが出て来てナ……」
母「樽屋の友吉、あいつわるい奴ちゃで、あんなやつの相手になりなや。どうかしおったか？」

娘「あの、わたいにナ、いっペン突かせやいいよるねン」
母「ええ、あんたにいっぺん突かせて？　まァ、油断も隙《すき》もならんやないか。なんちゅうことをいうんや、あいつもう、そんなことというようになったか。あいつ、あんたと同じ年やで……。ほんで、あんたどないいうたんや」
娘「いや、わて、あんたきらいやさかい、突かしたれへん言うてん」
母「おかしいこといいなはんな。嫌いやさかい突かせへん、好きやさかい言うて、むやみに突いてもろうてたまるかいな。ほた、どないいいおった？」
娘「いっぺんや二へん突いたかて、別にへるもんやないさかいに、いっぺんだけ突かせと、こう言うねン」
母「まァ、言《い》やがったなァ。へるもんやない……そりゃァ別に、へりもふえもしやせんわいな。けど、むやみに突かれてたまるかいな。ほてどうしたんや？」
娘「ほて、わたいが、いややァちゅうて逃げかけたら、わたいの胸をボーンと突いたさかい、わてあおむけにゴローンとひっくりかえったら、その間に突きよったんで……」
母「えーッ。あんたがひっくりかえったところを、とうとう突かれたてか？」
娘「ウン、突かれてなァ、それがとまってしもたんや」
母「なにィ、とまった？　そんなことしたらむちゃくちゃやがナ……。

(うしろの亭主に向かって)ちょっと、あんたききなはったか?」

父「聞いたッ、わるいガキやなァ、友吉という奴は……。わるいやっちゃけど、そんなことするまでとは思わなんだがなァ。なんちゅうことをしやがるねン。よし、これから、樽屋へ行ってかけ合《お》うてくるッ!」

娘「おとうさん、そんな一生懸命に怒《おこ》らんかてええ」

母「おこらんといられるかい。えー、突かれたうえに、とまったやないかいッ」

娘「けど、お婆ァさんが来て、おろしてくれはった」

風呂屋

　えー、以前はてえと、只今と違いまして、世間知らずというものが、どっさりとあったもので、これは男も女も、おんなしようなものでございまして、

定吉「えー、若旦那ァ」

若旦那「大きな声を出すんじゃないよ。どうしたんだい?」

定「あのォ、うちの風呂、こわれちゃったんですよ。お湯へ入れませんよ」

若「そりゃ、困ったね、直してんの?」

定「えー、釜《かま》がこわれちゃったんで、二、三日はダメなんですって……。で、大旦那がね、外の風呂へ行っといでって、ほら、お湯銭貰《ゆせんもら》っちゃったァ。若旦那も、お湯行くんでしょ?」

若「そりゃァ、行きますよ」
定「一緒に行きましょうよ、一緒に」
若「ああ、一緒に行って、あたしの背中でも流してくれるんだね」
定「背中でもどこでも流します。なんなら、ふんどしでも洗ったげます」
若「お湯屋で、そんなもの洗っちゃいけないよ」
定「そのかわり、お湯銭余分に出してくださいよ。そうすりゃァ、あたしは帰りに、ラムネがのめますから……」
若「おまえのお湯銭や、ラムネ代ぐらいは、出してあげるよ」
定「しめた。さァ、行きましょう、あの寿湯《ことぶきゆ》へ！」
若「寿湯？　そんな遠いところへ行かなくたって、ついそこにあるじゃァないか、桜湯《さくらゆ》というのが……」
定「若旦那、知らないんですか。やだねえ、今あすこの桜湯なんぞ、爺《じじ》ィか婆《ばば》ァでなきゃ行きませんよ。若い者はみんな寿湯ですよ」
若「しかし、おまえ、あそこは随分遠いじゃないの？　道もよくないし……」
定「遠かろうが、道がわるかろうが、犬がいようが、そんなこたァ、エヘへ、問題じゃない。若旦那はご存知ないんですよ。いっぺん行きましょう。ねえ、ねえ、ねえ、ようよう、よォ」

若「そりゃァ行ってもいいけど、そんなにいいお湯なのかい？」

定「お湯がいいんじゃない。行ってみりゃァわかるんで……。ね、行ってみなけりゃわかんない。さァさァ、これが手拭《てぬぐ》い、これが石鹸《せっけん》、さァさァ……」

若「お尻に火がついたように、せわしないなァ……」

定「ねッ、桜湯の前なんか、全然人が出入りしてないでしょ。ところが、向こうへ行ってごらんなさい。今時分は、そりゃァ大変ですよ。芋を洗うなんてえもんじゃない。ひょっとすると、東京中の人間が全部あそこへ集まってるんじゃないかと思うくらいで……。ほうら、ほらほら、あそこですよ。すごいでしょう、出たり入ったり、入ったり出たり……」

若「なァるほど、随分混《こ》むねえ」

定「さァさァ、若旦那、下駄ァちゃんと、下駄箱へ入れとかないといけません。若旦那の下駄ァ、お安くないんですからね。

ここォ、ガラッとあけると、ほォら、お銭《あし》……お銭払ってくださいよ。あたしのも忘れないように、頼みますよ」

てんで、定吉ァ大変なさわぎ。若旦那は、ふところから紙入れを出して、番台へなにがしかの銭を渡す。

あの、お湯屋の番台てえものは、こりゃァジーッと坐ってりゃァいいのかと思うと、そうじゃァない。しじゅう来るお馴染《なじ》みさんは、チラッと見りゃァわかる。お年寄でも、子供衆でも、たいてい来る時間がきまっている。下駄を置く場所も、着物をぬぐ場所も、湯に入る場所も、洗う場所もたいていきまっております。

お客さん同士でも、別にどこの誰って知らなくったって、毎日顔ォ合わせるから、自然に友達ンなっちまって、
○「あの爺さん、しばらく見えねえけども、どうしたんだろうなァ」
△「ウン、患《わずら》って寝てるてえ話だよ」
○「そうかい、そりゃァいけねえな。一度見舞いに行きてえが、家ァどこだい？」
△「うーん、知らねえ」
そうかと思うてえと、顔なじみの気安さで、
留「おう、芳ちゃん、おめえこのごろ大分腕があがったってえじゃァねえか。横丁の師匠がほめてたよ」
芳「そうかい、ウフフ……じゃァ、ひとつ〝槍《やり》さび〟でも、やってみようか、ウン。
〽槍はさびても名はさびぬ、むかし忘れぬ落とし ざし……」

留「よォよォ。次は〝都々逸〟をトーンと願いたいね」
芳「〽うれしまぎれについ惚《ほ》れすぎて、あとでなお増す物思い……」
留「じゃァ、〝二上り新内《しんない》〟など、どうだい」
芳「〽一度は気休め二度はうそ、三度のよもやにひかされてェ……」
留「芝居の声色《こわいろ》をひとつ……」
芳「(楼門五三桐《さんもんごさんのきり》で)や、絶景かな絶景かな……」

そのとき、入って来たお客が、あわてて前を手拭いでおさえた。〝絶景かな、絶景かな〟を〝でっけえかな、でっけえかな〟と、ききまちがえたてんで……。

まァ、そういうようなわけで、常連の客には番台も安心しておりますが、慣れない客が来るってえと、番台はジーッと見つめる。そりゃァそうでしょう、あずかってる品物に粗《そ》相《そう》があっちゃァいけない。中にゃァ板の間かせぎなんてえのがまぎれ込んで来ちゃァ大変ですからナ。

若旦那が、銭をヒョイと番台へ置く。このとき番台に坐っておりましたのが、十九か二《は》十歳《たち》の、そりゃァいい女、水の垂れるような美人……もっとも湯屋の娘だから、水が垂れるのも無理ァありません。

いい女てえなァ、どうもどっか冷《つべ》たいところがあるものでありますが、この娘は〝一に愛嬌、二に器量〟という、女のよさを二つとも持っております。
「いらっしゃいまし……」
と、ジーッと見つめた。なんしろ、愛嬌があって、若くって、水も垂れるような美人に、ジーッと見られたんですから、世間知らずの若旦那ァ、ブルブルと身ぶるいがした。すり（剃刀《かみそり》）も取らなきゃ、流しも頼まない。裸になったが湯にも入らない。洗いもしないてんで、ブルブルふるえたまんま、家へ帰って来て、そのまま寝こんでしまった。なんしろ、一人息子でございますから、さァ、親ごさんの心配は一方じゃァありません。
主人「番頭さん、番頭さん」
番頭「へえ、へえ……」
主「医者ァ、これで八人目だったな」
番「いえ、九人目でございます」
主「ああ、そうかい。で、こんどの見立ては、どうじゃな？」
番「へえ、九人が九人とも、同じお見立てでございまして、なんだかはっきりしないのだそうで……」
主「こまったなァ、食事もとらずになァ……」
番「それなんでございます。どのお医者も、物をたべないと衰弱する。少し栄養のあるものをたべないと、いのちにもかかわるって……」
主「なにが原因の、どういう病気だかもわからないとは、えーいッ、くやしいなァ」
番「もし、大旦那、ひょっとすると……」
主「ひょっとすると?」
番「実は、こないだ、お家の風呂がこわれたことがございましたでしょう」
主「ああ、ああ、大分前のことじゃナ、みんなに、外の湯屋へ行ってもろうて、気の毒なことをしたナ」
番「そのときなんです、若旦那も、お湯屋へお出かけになりました……」
主「せがれが、その折《おり》怪我でも?」
番「いえいえ、定吉がお供《とも》して、参りましたのが、寿湯でございまして……」
主「そりゃまた、おっそろしい遠いところへ行ったナ」
番「へえ、この湯屋は、八町四方の人が、みんなあそこへゆくというくらい繁昌《はんじょう》しておりますんで……」
主「そりゃまた、どうしてじゃ?」
番「へえ、こんなことを申しましては、まことに失礼でございますが、大旦那は木場《きば》でも指折りの材木問屋、屑木《くずき》はいくらでもございます。風呂場も下手な風呂屋なみに広いし、湯だってたっぷりしております。ですから、皆さん町の風呂屋へお行きになったこともございますまいから申しあげますが、その寿湯には、小町娘《こまちむすめ》と評判の高いきれいな娘が、番台に坐っておりますから、ひと目見よう、ちょっとでも声をかけてもらおうと、近所の若い衆《しゅ》が押すな押すな……。

で、若旦那が、その娘をひと目見て帰ってから、ズーッと寝たっきり。こりゃァ何かわけありじゃないかしら……って話を、今朝がた定吉からきいたばかりでございます」

主「うーん、そうか。そうかい、ソレだ。いやァ、あたしも親馬鹿チャンリンだったナ。数えてみると、息子《あれ》ももう二十三。

兵隊検査に受かって、軍隊へ入ったと思ったら、一週間で帰された。五体満足なのに、どっか全体に弱々しいというのが、帰された理由じゃったな、ウン。アハハ……、こっちは弱いんだから、大事にしなくちゃ……と思ったのが、いけなかったんだ。やっぱし、日陰《ひかげ》の豆もはじける時季があるもんじゃ。

なァ、番頭さんや！」

番「へえ？」

主「その寿湯とかいうたナ、そこへ行ってナ、倅のいのちにかかわることと、よォく訳を言ってナ、どうかそのお娘さんを、倅の嫁にいただきたいと、頼んで来てもらいたいのじやが……。ああ、手土産は、粗末なものはいけないよ、グッとふんぱつするんだよ。そいから、向こうの条件は、何でもきき入れるからって、そう言うてナ……。ああ、番頭さん、行って来たかい?」

番「へえ、行って参りました」

主「で、どうじゃった?」

番「へえ、それが……、うまく……参りませんので……」

主「なに、では、もうお婿《むこ》さんでも?」

番「いえ、そんなことではございません。若旦那を、ご養子にくださるんならと、申しております」

主「じょ、冗談いっちゃァいけない。十歳《とお》のときにお袋に死に別れ、あたしの手ひとつで、ここまで育てた一粒種だ。うちの身上《しんしょう》を増やそとつぶそと、あの子のまま。何で養子になんか、だせるもんかね」

番「それが、実は……向こうも、大事な一人娘だそうで……」

主「うーむ、よォし、こうなれば!」

番「もしもし、大旦那、血相《けっそう》かえて、どちらへ?」

主「もう、こうなれば人頼みはダメだ。わたしが、ジカにかけ合ってくる。

これ、定吉にいうて、カステラのいちばん上等のところを、風呂敷にいっぱい……」

こうなるてえと、親は真剣でございます。なにしろ、倅のいのちにかかわるこってすからナ。寿湯へのり込んで、膝詰《ひざづ》め談判。

お娘さんをくだされたら、できた孫はたとえ男でも女でも、イのいちばんにそちらへ跡取りとしてさしあげます。もしその間に、お宅に間違いでもあれば、たとえあたしの家をつぶしても、お宅の家をかばいます……という条件をぶっつけます。こりゃァ話がまとまります。若旦那の病気も、うす紙をはぐようによくなった。

さァ、こうなるてえと、屋敷は広い。なにしろ木場で指折りの材木屋ですから、材木は選りすぐり。腕のいい棟梁《とうりよう》を呼んで、金にあかして、立派な離れをこしらえまして、吉日をえらんで、〝高砂や、この浦舟に、帆をあげて……〟と、無事に婚礼もすみます。

かためのお盃もすんで、もうお床入りの時刻というので、風呂屋の夫婦が、
亭主「なァ、かァさんや、まァ、いいとこへもろうてもらって、よかったなァ」

女房「そうですねえ、おとうさん、あたしも、婚礼がすむまでは、何だか頼りないような気分でしたが、きょうああして二人でならんだところなんか、まるでお雛《ひな》さまだったねえ。本当にうれしかったですよ。さァこうなると、ねえ、男でも女でもいいから、早く初孫の顔が見たいもんですねえ」

亭「そうだなァ、あの二人の子供なら、男なら、まず役者だな。女の子だって、本当にタマゴに目鼻だろうな」
女「あんたもそう思うかい。わたしもそう思いますよォ」
亭「もう、新夫婦も、いとなみの時刻じゃろう。どうだい、わたしたちも、そろそろ寝ようかい」
といっているところへ、
「おかァさァーん」
と、金切り声。嫁に行った娘です。
「どうした？　一体、何事じゃ？」
見るてえと、髪はガックリ、長襦袢《ながじゅばん》一枚で、はだしのまんまという、あられもない姿。
ワナワナと肩に波打たせて、泣いている。
女「おまえ、どうしたんだい？　え、なにかあったのかい？　ね、何があったんだい？」
亭「ああ、おまえ、女のことは女でなくちゃわからない。なまじ男が口をだしてもダメだ。なァ、よォくきき質《ただ》してくれ」
女「ねえ、おとッつあんも、ああいってんだよ。なにも恥ずかしいことなんかないよ。ねえ、おはなし！　どうしたんだね？」

娘「ウワーッ（と泣いて）、おっかさん、あ、あの人は、片輪です！」

女「え、片輪？

おとッつあん、きいたかね。あの婿さんが、片輪だってさ」

亭「えッ、そんなバカなことが？　兵隊検査が無事合格した人なんだよ。それに、ウチの風呂にも入りに来た人だよ。手、足はちゃんとあるし、耳も目もあるし……。そりゃァ、病気でしばらく寝てたってことはきいているが、別に、おまえ、片輪だなんて……。

かァさんや、よォく、きいてやってくれ」

女「おまえ、お婿さんの一体、どこが、片輪なんだね？」

娘「だって、おっかさん、あの人のあすこが、上へピーンと、向いていました」

　これは考え落ちで、娘さんはしじゅう番台で、ダラーッと下を向いた男のものばかりを見て育ったという、世間知らず！

かみなりの弁当

えー、この節《せつ》は、川柳や俳諧《はいかい》が、大層はやりまして、結構なお作が、ぎょうさんでけておりますが、やっぱりこの、おもしろいのは古川柳のほうでおますナ。で、古川柳は、あんじょう（上手に）説明してもらわんとわからんのが、ちょいちょい、あります。

仙人《せんにん》さまァと濡《ぬ》れ手で抱きおこし

これ、ご承知の久米《くめ》の仙人（奈良県畝傍《うねび》にある久米寺の開祖と伝わる。大和の人で吉野山竜門山にこもり、仙人となったが、吉野川で衣を洗う女の脛《はぎ》を見て、飛行中に神通力を失って、ふたたび人間世界へ墜落したという伝説の主人公）が、通力《つうりき》自在で雲の上をば、ブラブラと散歩をしておりまして、雲の隙間《すきま》から、ひょいと下を見ると、女が洗濯しております。

あの洗濯女というのは、股《また》を、こうォ、つぼめて洗濯している女《ひと》は、すくのうおますようで、拡げるだけ股ァ拡げて、盥《たらい》のはたへ、こうピタッとつけましてナ……。なんぼ拡げたかて、前に盥がおますさかいに、向《むこ》からは見えません。

それをば、久米の仙人が雲の上からヒョイと見ると、白い太股《ふともも》から脛《はぎ》のあたりが、こうポチャポチャッと……。ええながめでおましたやろなァ。ついクラクラクラッとしたのも無理おません。仙人でのうても、男なら誰かてクラクラッとします。

思わず通力を失《うしの》うて、ドターンと落ちる。びっくりしたのは洗濯女です。これが、手ェゆすいで、ていねいに拭いて、おもむろに「仙人さまァ」なんて、こういう起こしかたはしませんわ、何しろ非常の場合ですさかいナ、濡れた手ェそのままに、「仙人さまァーッ！」と、抱き起こしたわけで……。「センニンさまァ」と、川柳でもひっぱってるところが、まことにおもしろおます。また、

馬鹿仙人だと空雲《からくも》かえるなり

というのもございますが、こちらは落ちた久米の仙人が、洗濯女に抱きかかえられて、目尻を下げているのを、空の雲が上からナ、「あほらしゅうて、見てられんわ」と、独りで戻って行《い》たところでございます。

姉妹《きょうだい》の中に寝るから中納言《ちゅうなごん》

おゆるしが遅けりゃ須磨で腰が抜け

というのがおます。これもご承知の在原行平卿《ありわらのゆきひらきょう》（平安初期の歌人で阿保親王の第二王子。美男で名高い業平《なりひら》の兄。中納言民部卿。須磨へ流罪《るざい》となったことは、能楽《のうがく》「松風」などの題材になっている）が、須磨へ流罪になりまして、そこで松風《まつかぜ》、村雨《むらさめ》という、汐汲《しおく》みの姉妹と仲ようなって、姉のものは妹のもの、妹のものは姉のもの、二人のものはわしのもんちゅうて、ひどい奴があるもんで、二人を抱いて寝ております。

なんぼ行平が若うて、達者やちゅうたかて、こっちも若い女子《おなご》が二人。夜な夜な、二人の〝ご機嫌取り〟をしようというんですから、長うそんなことをしてた日には、遂には腎《じん》虚《きょ》（過房のためにおこる衰弱症《インポ》）になって、腰がぬけてしまうだろう……と、そういうのを詠んだものでございます。

また、われわれ仲間がよく申しあげます川柳に、

弁慶《べんけい》と小町《こまち》は馬鹿だなァ嬶《かか》ァ

というのがございますが、これもなかなかおもしろうおます。

武蔵坊弁慶（はじめ比叡山西塔にいたが、僧行よりも武事を好んで、源義経に従って名をなし、没落の義経と終始行動を共にし、衣川の戦いで討ち死にしたという伝説上の人物。巨軀で強力なものの愛称ともなっている）……は、播州《ばんしゅう》の書写《しょさ》山《さん》の稚児《ちご》で鬼若丸《おにわかまる》、十六歳のとき、姫路近

在福井村本陣の某《なにがし》という宿屋へさして泊まり合わせます。

そうすると本陣《ほんじん》の娘のおわさというのと、互いに見染め合《お》うて、ええ仲になる。これは「御所桜《ごしよざくら》堀川夜討三段目弁慶上使の段」という浄瑠璃にございます。

〽二八《にはち》あまりの稚児姿、こっちに思えばその人も、すれつもつれつ相生《あいおい》の、松と松との若緑《みどり》、露の契《ちぎ》りが縁《えん》のはし、おお恥ずかしや、ついくらがりのころび寝に……

という文句でおます。互いに思い思われて、真っ暗がりのひと部屋へ入って、そこで男と女のすることをやった。

で、人の足音におどろいて、鬼若丸が立とうとする。女は未練を残して、長いたもとをじっと引きとめる。その拍子に袖がちぎれる。のちに子供を産んだおわさが、このちぎれた袖をば証拠に、弁慶と名のり合うという筋《すじ》でおます。

弁慶という人は、このときたった一回……女に接したのはただの一度で、「ああ、こんなつまらんこと、何回しても同じこっちゃ」と、あきらめてしもうたんです。えらいあきらめのいいお方でんな。

小野《おのの》小町（平安前期の女流歌人。六歌仙および三十六歌仙の一人。出羽郡司小野篁《おののたかむら》の娘という。絶世の美人で深草少将《ふかくさのしようしよう》との悲恋で知られる）……このお方は、大層な美人でおましたそうですなァ、会うたことはおませんけど……。

惜しいこと小町本来無一物

という句がおます。ええ女なのに、惜しいことに、穴がなかったんやそうですナ。穴がないさかいに、生涯を処女《むすめ》で過ごしたんやそうで……。

で、ご夫婦ご円満の最中に、

「なァ嬶ァ弁慶というやつも、小町というやつも、馬鹿な奴やなァ。こんなええことを、知らんちゅうのはなァ……」

こういうてるのが、さきほどの「弁慶と小町は馬鹿だなァ嬶ァ」という川柳で……。

落語家《はなしか》も、学問がないとつとまらん商売でおますなァ。

そうかと思うと、説明などせいでも、すぐわかるのもおます。

どの嘘《うそ》がほんの夫婦《めおと》になるだろう

これは、君傾城《きみけいせい》……むかしの遊女のことをよんだ句でございまして、遊女という商売は、たとえきらいなお客でも、「あんた、好かんお方やなァ、もうこんどから来ていらんワ」てなことはいえませんわ。そんなことというたら、抱え主が承知しません。客も……承知しません。

たとえ、虫酸《むしず》の走るほどいやな客でも、

「あんた好きやワ。あんたのような、程《ほど》のよいお方《かた》知らんワ。あんたの嫁はんにしてもろたら、わて、どないに幸せだっしゃろなァ」

と、ひざをこう、グーッとひねったりする。

男は誰でも、うぬぼれを持ってますさかい〝好いて、ひねってくれるんやなァ〟と、痛いのを我慢して、ウーッ、ウッフッフ……。どの客にも、毎晩毎晩、

「好きや、あんた好きや」と、嘘ばかりついとる。これが、この川柳の味でおます。

　わが尻《しり》をいわず盥《たらい》を小さがり

これはもう説明などせんかておわかりで、行水《ぎょうずい》をしていて、自分の尻の大きことをいわんと、盥のほうが小さいと、ボヤいておるところで……。盥は少しも小さいことおません、おのれの尻のほうが大きいんで……。

　雷《かみなり》は鳴るときだけに様《さま》をつけ

これもわかりまんな。あの雷というものを、始終、〝雷さん〟と呼んでる人は少《すくの》うおます。常々、「ああ、えらいカミナリやなァ」と、呼び捨てにしています。けれど、ゴロゴロと雷がくると、

「これ、カミナリさんやないか。裸《はだか》で表へ出て、おへソ取られたらどないすんや。早よ家へ入り、蚊帳《かや》がつってある。早《はよ》う蚊帳の中へ入りィな。カミナリさんはこわいぜ」

と、ここではじめて〝さん〟がつく。で、

「雷は鳴るときだけに様をつけ」と、こういうことになるんでおます。

雷というものは、色気のない、殺風景なものかと思うと、そうやおませんなァ。あんじょう考えますと、結構色気もあるもので、若い男と女子がさし向かいで、ちょっとひとこというと、それですっかりできあがるんですが、両方ともウブやさかい、恥ずかしがって、どっちもいいだしません。

男のほうから、

「わたいなァ、おまえに惚れてんのや。おまえ好きやが……」

女子のほうは、

「さよか、まァうれしいわ。わたしも、あんた好きやわァ」

と、たったこれだけで、話がつくんやが、それをどちらもモジモジして、よういいださんとこへさして、雷がゴロゴロゴロッ。

女「あら、あたし、カミナリさん、こわいのやわ」

男「そんなら、蚊帳吊って、中へ入ったらええ。そうしょう」

と、二人が蚊帳の中へ入った途端に、大きな奴が、ガラガラッと来た。

「あれーッ！」

ちゅうんで、どちらからともなく抱きつきましたんで、これでもう、あとはいえない二人は若い……という、歌の文句みたいなことになるのでおます。あとはもう雷さんが、夜通し鳴ってくれてたほうがええ、てなことになる。

甲「源さん、えらい音やったなァ」
乙「いまのカミナリか?」
甲「はあー。おらもうびっくりしたなァ。近年あんなカミナリ、知らんわァ」
乙「そりゃァ、俺かてびっくりした。ほんまにえらいカミナリやった。なにが損になるやわからへん、あのカミナリのために、良《え》え茶碗割ってしもてなァ」
甲「ほう、どないしたんや?」
乙「俺、茶漬け喰おう思てナ、ハッと口のはたへ持って行ったときに、ガラガラッと来よったんで、ハッと思って、うっかり茶碗はなしたんや。下にぶの厚い、安もんのゴツい湯呑みがあって、その湯呑みの上へ落としたんや。え、安い湯呑みが割れりゃええのに、おまえ良え茶碗のほうが粉々《こなごな》や、清水焼《きよみず》やでえ」
甲「そりゃァゴツい（ひどい）災難やなァ。あのカミナリなァ、どうもこの近くに落ちたような気がするんのやが、どこやろなァ」
乙「うん、俺もそない思う。ことによったら、あの裏の広場《ひろつぱ》あたりと違うか?」

甲「いっぺん、見に行こか」

乙「見に行こ、見に行こ……。

それ見てみい、向こうの松の木に落ちよった。松の木が、ズルッと皮がむけてるなァ」

甲「あれ、カミナリの爪《つめ》のあとやで、きっと……。パッと落ちたカミナリが、おのれもびっくりしくさって、ちょうど、はたにあった松の木を、グワグワグワ……っと掻《か》きのぼって、天上《てんじょう》してしもうたんやろ」

乙「なんというえらい爪やろ。あんなはたに（近くに）人間がいたら、八ツ裂《ざ》きにしられてしまうぜ。もっとはたへ行ってみよ。うわーッ、えらい傷やなァ……」

甲「おい」

乙「ええッ？」

甲「何や妙なもん、落ちてるやないか」

乙「ほんに、風呂敷包みが落ちてるなァ」

甲「なんやろ？」

乙「さァ、わからんけど、どうも、弁当のように思うなァ」

甲「あ、弁当や」

乙「ほんに、弁当や。けど、カミナリが、弁当持ったりするかい？」

甲「ああ。するなァ。カミナリという奴ァ、えらい、きつい仕事やで」
乙「さよかァ？」
甲「ああ、パーッと大阪の空の上、走っとったかと思うと、チャーッと京都のほうへ行きよる。そうかと思うと、ピカーッと神戸のほうへ行きよる。走りまくってるのやさかい、そりゃァ腹もへるわい重労働ちゅう奴ちゃ」
乙「そうか、そういうとそうやなァ。弁当もいるわけや」
甲「どや、いっぺん、この風呂敷ひろげてみよか」
乙「うわーッ、弁当や、弁当や」
甲「え、どうや、粋《いき》な弁当やないか」
乙「うんカミナリがこんな良え弁当持つとは思わんなァ、塗り重《じゅう》（うるし塗りの重箱）で……」
甲「一体、どんなものを喰《く》ろてけつかるんやろ？　ほほう、真っ黒けのものが仰山《ぎょうさん》……」
乙「これは、あわび貝《がい》のつくだ煮と違うか？」
甲「いや違う。あんじょう見てみい、あわび貝とは、ちょっと形が違う」
乙「あ、ほんに、少し違うな。何やろ？」
甲「これ、おまえ、ヘソや」

乙「なに？」
甲「ヘソ」
乙「ヘソって何や？」
甲「人間のヘソやがな。カミナリが鳴ると、よう〝ヘソかくせえ〟というやろ」
乙「ああ、いうな」
甲「そのヘソや。カミナリは人間のヘソが大好物や。落ちるたびに、グアッとおまえ……取ってゆく。そいつを仰山集めといて、つくだ煮にして、弁当のおかずにしたのが、コレや」
乙「ふーん、違いない違いない。ヘソやヘソや。カミナリというものは、ぜいたくなものを喰ろうてるなァ。えー、人間のヘソをば……え、馬鹿にしゃがって、この下は何やしらん」
と、見かけると、雲の上からカミナリが、
雷「こらこら、ヘソの下は見たらいかん!!」

間男の松茸

ふとどきな女房へノコを二つもち

なんてえ川柳がございます。只今はもう、男女同権どころか、女権のほうが大分上になっておりますから、いやなら亭主なんぞどんどん取っかえてしまうなんてご婦人がいらっしゃいますが、むかしはッてえと、なかなかどうして、女は嫁入りをしたら、一生その亭主と添いとげるのが人の道、まァ、女房用のヘノコは亭主のひとつだけてえことになっておりましたもので……。

〝女房へノコを二つもち〟てえなァ、別に好きな男がいることで、つまり、

町内で知らぬは亭主ばかりなり

てえことになる。大変〝ふとどき〟なわけのものでございます。

　間男と亭主抜き身と抜き身なり

というのは、かかァが間男してるところへ、亭主が抜き身をひっさげて、「間男見つけたり」ってんでとび込んだ。間男のほうはびっくり仰天、女泣かせの逸物のほうの抜き身を、丸出しにしてあわててるという風景で、こういうとき亭主が姦夫《かんぷ》姦婦《かんぷ》を斬っちゃったって、別に罪にはならなかったんだそうですから、間男も命がけでございます。そうかと思うと、

　生《い》けておく奴ではないと五両とり

てんで、間男のほうがあやまって、亭主のほうへ五両払って、まァご勘弁《かんべん》願ったりする。五両てえなァその時分の〝間男代〟でございます。それがだんだん値上がりして、七両二分てえことになった。

　入れるか入れないで七両二分出し

　据《す》えられて七両二分の膳《ぜん》を食い

なんという、いろいろとややこしいことになって参ります。

そんな思いをしてまでも、ちょいとよそのかみさんと寝てみたい、亭主にかくれてよその男をつまんでみたいてえのは、こりゃァしょうがないもので、

女「ちょいとォ、留さん！」

留「うわーッ、ダメじゃァねえか。こんな往来の真ン中で、大きな声だしちゃァ」
女「この頃さァ、ちっとも来ないじゃないの。いったい、どうしたんだい？」
留「だって、おめンちの亭主《おやじ》、旅から帰って来たんだろ」
女「そりゃァ帰って来たよ。だってさァ、ウチの人がいないときは、のべつウチに来ていたくせに、帰って来た途端、ピタッと来なくなっちゃったんだから、かえって近所の人ァあやしく思うじゃないか。
　ウチの人がいるから、よけい来なくっちゃダメだよ、そりゃァ……」
留「おめンちの亭主の顔見ると、なんだかおらァおっかねえや。眉毛《まゆげ》ンとこへ、こう八の字よせて……」
女「ひたいの八の字は、しょうがないんだよ。目がわるいんだから……」
留「目が近いのか？」
女「目は近いくせに、耳は遠いよ。おまえさんとくるとあっちのほうはバカに強いくせして、気は弱いじゃないか」
留「おめえだって、体ァちっちえィくせに、泣き声はでかすぎらァ」
女「なんだねえ、掛け合いをやってる場合じゃないよ。そんなことより、今夜ァ、きっと来ておくれよ」

留「今夜？　冗談じゃァねえ、亭主がいるてえのに……」
女「だからさァ、あたしゃァ宵《よい》の口《くち》にね、湯からもどると、おなかの具合がわるいからってね、先ィ二階へ上がって寝ちまうからさ。ウチの人ァね、目がわるいくせに本が好きだろ、夢中になると夜ッぴいて読んでるんだから……。きのうもね、貸本屋の熊さんが、新しく出た小説本を持って来たんだよ。何だか、わたしにゃァ、チンプンカンプンでわかりゃァしないけれど、それが面白いといって、ゆんべ半分ほど読んで、今夜また半分読むんだといってたよ。だからさァ、うちの人は階下《した》にいて、あたしは二階にいるんだからさ、おまえさん、屋根づたいに来とくれよ。雨戸外しとくからさァ」
留「そこへ、もし亭主が上がって来たら、どうするエ？」
女「明《あか》りを消しとくから、大丈夫だよ」
留「明りを？」
女「なんしろ、本の匂いをかぐように読むくらいの人だろ。三間《げん》先も見えやしないよ。まして、明りが消えてりゃァ、めっかりこないよ！」
留「でも……どうもなァ……」
女「しょうがない人だねえ。気が小さいんだねえ、あそこは大きいくせして……」

留「またはじめやがった。今夜ァ、よそうよ」
女「そんなこといわないで、来ておくれよ。じゃァね、こういうのは、どうだろう。秋といったって、まだそう寒《さぶ》かあないんだから、着物ォぬいじゃって、裸ンなって……」
留「じゃァおめえ、ふんどし一本かァ？」
女「下帯《したおび》なんかも外《と》っちゃうんだよ」
留「俺がかい？」
女「そうさァねえ、それで、体中に、一面に、墨塗《すみ》っちゃうんだよ。全部塗るんだよ。おまえさんはもともと色が黒いんだから、墨もそうたんとはいらないだろうよ」
留「なにォいやがる。墨ィ塗ってどうする？」
女「外は夜だし、家ン中ァくらいだろ。おまけに忍び込んでくるおまえさんがまっ黒とくりゃァ、わかるわけァないだろ」
留「む、なァるほど、そいつァいいや、じゃァ行くとしようか」
女「ああ、待ってるよ……」
てんで、ひどい相談があったもんで、夜ンなるのを待ちかねて、留公は、体ィすっかり墨ィ塗って、屋根から屋根を伝って、這《は》って行く。もっともこういうのは大抵、這ってゆきますナ。あんまり見得《みえ》を切って、堂々と胸を張ってゆく奴ァありません。

留「おい、来たぜ」
女「あーら、待ったわァ」
留「首尾《しゅび》は?」
女「お約束よ」
留「随分、久しぶりだなァ」
女「ほんとに、百年も会わないみたい……」
てんで、はじめは声をひそめておりましたが、だんだんだんだんと、鼻息が荒くなってくる。二階中がミシッミシッミシッミシッ……。階下で本を読んでいた亭主がおどろいて、
亭「おーい、腹が痛いって、大丈夫かい」
女「ウッフン、フウン……」
亭「随分息が荒いナ。苦しそうだナ。よし、待ってろ、いまくすり持ってってやるからなァ」
女「ウッフン、ウフフ……」
長火鉢《ひばち》の引きだしから、くすりを出す。台所へ行って、湯呑みに水を入れて、湯呑みとくすりを両手に持って、亭主が階段をトントントントン……。もっとも目がわるいから、そう早くは上がれません。足さぐりで、トオン、トン、トン……トオンと上がって来た。

女ァ気がつかないが男ァこの音に気がついたから、「こいつァいけねえ」てんで、スポッとひっこ抜いておいて、チャイと窓へ逃げる。屋根へ出て、背中をピタッと、戸袋のところへつけて仁王立ち。あとはガタリとも動けません。

そのとき、下を通った職人がふたァり。

職人甲「(投げ節で)〽八《や》ッ山下のォ……。

おう、源坊、源坊ッ!」

職人乙「(同じく)〽茶屋女ァ……、えー、寒さをしのぐゥ……。

なんでえ、兄弟《きようで》ェ?」

甲「おう、源坊、アレ見ろやい」

乙「うーん、秋だなァ、いい月だナ」

甲「月じゃァねえや、この屋根の、あの戸袋ンとこだい」

乙「屋根の、戸袋ンとこ? おー、あんなとこに、ほう、松茸が出てらァ」

疝気《せんき》の遊び

えー、廓《くるわ》ばなしを申しあげます。

むかしは、職人が集まるてえと、まず女郎買《じょうろか》いの話がはじまったもので、こりゃァ職人衆《しゅ》が助平だったわけじゃァない、腕のいい職人を使ってると、親方が月に一度や二度は、

「おう、みんな帰《けえ》って来たか。やァご苦労だったなァ。ああ、こっちィ来ねえ、どうでえ今夜、体ァ借せやい」

「へえ、どちらへ行くんで?」

「いいから、ついて来いよ」

てえんで、土手《どて》(吉原土手)へ行って、馬肉で一ぱいやって、勘定をはらって祝儀をやる。そろえてもった草履をひっかけて、楊子《ようじ》をくわえて、ひょいと前を見るてえと見返り

柳。

「おう、みんな、おっかァにそういっといたから、付き合えよ」

いやも応《おう》もありゃァしない。大門《おおもん》をくぐって吉原《なか》へくり込む。若い者にはいい妓《おんな》をあてがって、ゆっくりと寝かす。みんな親方が身銭を切って遊ばしてくれたもので、これがまた職人衆の仕事のはげみになったんですナ。

時にはまた、町内の若い衆が集まって、くり込もうてえ相談がまとまる。

甲「おう、どうだい、そっちは？」

乙「ああ、行くよ」

丙「俺も行くぜ」

丁「行くともさ、あた棒よ」

甲「じゃァ、みんないいんだな。なァ、十何人もこうして揃って、総初会《そうしょかい》（全員がはじめての楼《みせ》へあがること）てえなァ、この町内はじまって以来のこった。勘定は、一応俺が全部たてかえとくから、心配いらねえ。もっとも、あとでワリカン（割り勘定）てえことになるけどなァ……。

おう、源坊、おめえはさっきからだんまりだけど、行くんだろうナ？」

源「うん、あたしはひとつ、今回は、抜いといてください」

甲「おいおい、よそ行きの声だすない。〃ひと月に三十五日〃なんてえ渾名《あだな》のあるくらいの、人一倍遊び好きのおめえが、何だって総付き合いに行かねえんだ」
源「うーん、ちょいとわけありだ……」
甲「銭《ぜに》かい?」
源「うーん、ふところ具合じゃねえ」
甲「野暮《やぼ》用かい?」
源「うーん、そうでもない……」
甲「やいやい、しっかりしろやい。みんなが納得するような話ならしょうがねえけんど、そいじゃァさっぱりわかんないや。大川(隅田川のこと)で尻を洗えやい!」
源「なんだい、大川で尻を洗えてえなァ?」
甲「なにもかも、ぶちまけろてんだよ」
源「それじゃァ、尻を洗わにゃならねえな。誰と誰って、名前はいわねえが、ここにいる四、五人で、こないだお酉《とり》さまの晩に、くり込んだんだよ」
甲「うん、うん……」
源「どうだい、総初会にしようじゃないかてんで、登楼《あが》ったんだ」
甲「なるほど……」

源「おばさんに札《ふだ》をもらって、ひょいとひっくりかえすと、俺の敵娼《あいかた》（恋の相棒）はお職《しよく》（一番売れッ子の花魁《おいらん》）だ」

甲「いい妓《おんな》かい？」

源「そりゃァいい妓だ。しめたッと思って、飲んだ酒はうまかったね。もうそろお引《ひ》けにしようてんで、俺ちょうど小便が出たくなったから、便所へ行って帰ってみると、もう引《ひき》付《つけ》（遊女と対面し、一緒に飲んだりさわいだりする座敷）にゃ妓がいないんだ」

甲「ふん、ふん……」

源「おばさんが、

〝ああ、そうそう、花魁はちょっと忙しいからね、あたしがお部屋へ、ご案内しますわ、どうぞ〟

てんで、部屋へ連れて行かれてよ、寝間着に着かえて、布団に入って寝た……」

甲「妓ァ、来たかい？」

源「宵《よい》にチラリの三日月女郎てえなァあるけど、ありゃァ、月蝕《げつしよく》女郎だ」

甲「なんだい、月蝕女郎てなァ……」

源「まるっきり、ツラァ見せねえ」

甲「そりゃァひでえな」

源「で、寝るにも寝られねえ。グズグズしているうちに、夜があけて来た。早い妓ァもうガタガタ起きはじめた。甚助《じんすけ》（好きもの）起こす（ふてくされる。やきもちやきというような隠語）と思われちゃァ癪《しゃく》だからね。ま、我慢をして、こっちも起きて、面洗《つら》おうと思って、洗面所へ行くと、みんな、もう起きてやがる」

甲「うん、うん、うん……」

源「で、そン中の妓の一人がね、俺の顔見やがって、

〃ゆんべは、おもしろかったかい〃

っていうから、

〃冗談いうねえ、妓ァまるっきり、チラリとも見えねえよ〃

っていったらね、フフンって、鼻で笑やァがった。

〃なんだい、おめえ知ってんのか？〃

ったら、

〃おまえさん、並《なみ》の疝気《せんき》（漢方でいう下腹部の痛む病気）じゃないんだってねえ〃

って、そういやァがる。

〃誰が、そういった？〃

〃誰がそういったじゃないよ。おまえさん、ゆんべお引けのとき、はばかりへ行ったろう。

あのときに、あんたの敵娼《あいかた》の顔を見て、花魁てえものは気の毒なもんだね、いくら商売とはいえ、あんな狸の金玉《きんたま》みてえな大きなやつと、一緒に寝なくちゃなんねえとはね。ああ、気の毒なこった……っていわれたもんだから、花魁はとうとう、おまえさんのとこへ行かなかったんだよォ……〃

って……。え、銭ァワリカンで取られる、妓ァ来ねえ。こんなバカな話ってあるかい」

甲「うん、そりゃァ悪いいたずらだァな」

源「なァ、妓てえなァ、こっちからナ、実ァ、俺はこうこういうわけで、こういう病気を持っていて、人に言えねえとこが寂《さみ》しいんだよ……かなんかいって、前もって打ちあけてえと、情《じょう》のあるもんなんだ。こういう大きな金玉をよろこぶ妓だってあるんだよ。それをおめえ、満座の中で恥ィかかされちゃァ、立つ瀬がねえやナ。いい面の皮だ。俺ァ、もう、総初会なんぞ行かねえんだ」

源「うーん、なるほど。おう、誰でえ、源さんに、そんないたずらァしたのは？　酒落《しゃれ》が少うしきつすぎらァな。ところで、源さんおらァまだ拝《おが》んだこたァないけど、おめえの金玉ァ、赤ん坊の頭より大きいかい？」

乙「ふーん、この鉄瓶《てつびん》なみだ」

甲「ははァ、てめえだな、いたずらの主ァ？」

乙「違う、違う……。俺の友達にナ、源さんより、もう少しデッカイのがいてな、そいつが粋な野郎で、こないだ馴染《なじみ》のタイコ持ちに銭《ぜに》をやって、オツな遊びをやりゃァがったんだ。

あのな、金玉のシワをのばすだけ伸ばしといて、そこへ酒をつがせてな、飲めてェんだ。銭の手前、一度は飲んだが、二度目はタイコ持ちも考えやがって、よく燗《かん》のついた奴を、〝いまひとつちょうだい〟ってんで、ジャーッとついだからたまらねえや。なァ、タハハーッてんで、奴さん目ェ回しやァがった……」

源「こういう話になるから、俺ァいやだってんだ」

甲「じゃァどうでえ、源さん。折角の総初会だ。今夜ァこうしたらどうだい。な、向こうへ行って、おめえの敵娼《おんな》に、おめえの金玉のことを、チラッとでもしゃべった奴がいたら、そいつにおめえの勘定《かかり》を、全部まかせようじゃァねえか。おめえは、飲んで喰《く》らって、遊んで、そのまま大いばりで帰ってくりゃァいいんだよ。一銭も出させやしねえ……。なァ、みんな、どうでえ？　なァ、源さん、どうでえ？」

源「うん、それならいい……」

甲「じゃァ、そういうことにしよう。気の揃ったところで、お手を拝借！」ってんで、シャンシャンシャン……。まことに威勢のいいもので……。

さァ、きまったとなると、もう落ちついちゃァいられません。日の暮れるのを待ちかねて、ワァワァワァ……と吉原《なか》へくりだします。十何人がはじめてというと、なかなかの妓楼《みせ》……、三十人、四十人と花魁が揃っているところでないと、まとまりません。

甲「さァ、ここはどうだい、ちょいと番頭にきいてみよう。おう、番頭さん、これだけ雁首《がんくび》を揃えて、ワーッと登楼《あが》ろうてんだが、どうだい？」

番頭「へえへえ、おや、みなさんが総初会で？　お見立てのほうは……へえ、万事おまかせくださいますんで？　エへへ……。そりゃァもう……」

甲「グズグズいうこたァねえや。銭なんぞ、腹巻きン中へうなってらァ。足《た》んなきゃァ、あしたの朝、誰か取りにくりゃァいいんだよ。心配すんねえ」

番「へえッ、おあがんなさいましィ……」

甲「じゃァ！」

てんで、幅の広い階段《はしごだん》を、トントントン。二階でおばさんが、

「いらっしゃァーい」

「おーッ、世話ンなるよ」

「あーら、大勢さんですねえ。みなさん、はじめて？　まァお珍しいこと……。さァ、ど

うぞこちらへ、どうぞッ」

引付《ひきつけ》という広い座敷の真ン中に、大きなちゃぶ台。これをグルーッとお客がとりまく。頭数だけの花魁を、おばさんが連れてくる。花魁が、ズーッとあがって参ります。あがって来ても、いきなりお客ンとこへは来ない。廊下でこちらへ背中を向けるようにして、ズラリとならぶ。まだきまらないうちは、顔を見せない。

おばさんのほうは、時札《ときふだ》という、花魁の名前の書いた小札《こふだ》がございます。その名前のほうを伏せて……こう裏のほうを出して、ちゃぶ台の上でガラガラ……とかき回す。

おばさん「さァ、今夜のかァちゃんをきめてください。いいかァちゃんを引いてくださいよ」

甲「おーッ、俺は白糸だ」

乙「俺のは、小松てんだ」

甲「そっちは？」

丙「初瀬さんだ」

甲「そっちは？」

丁「紅梅《こうばい》だ」

大変なさわぎでございます。めいめいが花魁の名をいうと、〝こちらよ〟〝まァ、うちの主さん〟と、にぎやかなこと。

名を呼ばれた花魁は、必ず左手に坐る。お客の左でございます。これはなぜかと申しますと、着物の裾《すそ》というものは、左手がスーッと入るようになっております。女が右にいては具合がわるい。敵娼がきまると、少しは手を入れてくすぐるぐらいはかまわないというのが、いかにも廓《くるわ》というところの、色っぽいしきたりでございます。

芸者の二、三人も呼んで、飲めや歌えのドンチャンさわぎ――。やがて、

「お引《ひ》けッ！」

という声。めいめいが敵娼に手をとられて、部屋へと引き取ります。

そのうちに中引《なかび》けになります。〝中引け〟てえなァ、夜中の十二時でございます。お泊りンなるお客に、花魁がベッタリとくっついているのかというと、そうではない。

えー、よく〝海道《かいどう》も浜松までは江戸のうち〟なんてえことを申しますが、これは東海道の浜松からこっち……つまり東京に近いほうの廓では、〝回《まわ》し〟というものがある。花魁はひと晩に何人お客を取ってもいい。花魁の腕でございます。三人とれば三人回し、五人とれば五人回してえわけのもので……。

浜松から向こうの名古屋とか大阪とかは、回しをとりません。〝抱きっきり〟でござい

ましで、はじめに登楼った客の専用となる。どんな馴染が来ても、絶対に出ません。〃関東の回し、関西の抱きっきり〃なんてことを申しますのはこれを言ったものですナ。

えー、こちらは吉原のほうで……。

花魁が部屋へお客を連れて来て、着物を脱がせ、衣紋掛《えもんか》けに掛け、寝巻と着かえさせて、床へ寝かせて、そうしてお客のまくら元の煙草盆で、吸いつけ煙草てえのを一服つけて、

「あんた、引け前だから、待っててね」

「うん、ゆっくり稼いどいで。行っといで」

なんてえのは、遊び馴れた粋なお客で、

「早く来てくれよ。カッカして、待ち切れないよ」

なんてえのは野暮な客。かえってきらわれます。

中引け……十二時になるてえと、頭《かしら》が二人《ふたり》、ちょうどお芝居で見るように、廓つなぎの絆纏《はんてん》に、豆絞りの手拭いを喧嘩ッかぶり。胸がつまりゃアしないかと思うような腹掛け。股引《ももひき》はてえと、かかとへ竹の皮をあてがわないと脱げないような、ピチッと足に合って、紺の匂いがプーンとするような紺股引。

手には金棒《かなぼう》を持って、チャーン、トトーン！

この金棒の音も、おんなしじゃァいけないんで、陰陽《いんよう》と申しまして、片っぽが「チャー

ン」と鳴ると、片っぽは「トトーン」という音。チャーントトン、チャーントトン……と打ってきて、四つ角に立ってえと、

「引けましたァーイ。火の用心ン、さっしゃりましょう……。二階を、まわりやっしゃりやしょう……」

　この声をきくてえと、はじめて仲之町《なかのちょう》のお茶屋が、パッパッパッと、行灯《あんどん》の灯を消して、木戸を締める。女郎屋のほうはこれからが、またひと仕事でございます。

〝大引《おおび》け〟というのは、午前二時。さきほどの頭が、こんどはガラッと持ち物をかえて、大きな拍子木《ひょうしぎ》で、四つ角四つ角で、チョーン、チョーン！

「大引けですよォ……」

と声をかける。ここではじめて、女郎屋は大戸《おおど》を締める。張り見世も明《あか》りを消す、新内《しんない》流しが入ってくる。鍋焼きうどんが来る。お稲荷さん（あぶらあげで包んだ寿司）を売りにくるというのは、それからで……。

お客がなくって、売れのこりの花魁《おんな》が、暗い格子戸のかげから、

「あ、お寿司屋さァん」

「へえ、へえ……」

「あの、お稲荷さん、三つちょうだいナ」

というような光景も、ちょいちょい見られたもので、これは客の取れない女郎は、主人の前で大っぴらでご飯をたべるわけにはゆかない。自分で夜食を買って、台所で水でものんで、ソーッと寝るよりしようがない。苦界《くかい》のつらさでございます。売れた花魁衆《しゅ》は、全部二階へ上がります。

午前三時からが〝時《とき》〟となる。時というのは、これも廓のしきたりで、一人の花魁が一人のお客さんのところばかりに寝ていては、ほかのお客に悪い。そこで花魁を起こして回るんですナ。

こんどは番頭が、拍子木を持って、二階の廊下を、チョンチョンチョン、チョンチョンチョン、チョンチョンチョン……と三つ打って回ります。そうするってえと、さっき申しました小札……花魁の名札でございますが、これが階下《した》の主人の部屋の入り口ンところに、売れた順に、左から右へと、ズーッとかかっております。

いっせいに起きた花魁たちが、その小札をはずして、こんどは二階のおばさんのいる帳《ちょう》場《ば》ンところへ掛ける。

四時になると、チョンチョンチョンチョン……と四つ打つ。こんどはおばさんとこの札を外して、主人のところへかけにゆく、五時ンなると、チョンチョンチョンチョン……と五つ打つ。階下から上へとかけかえます。上を下への大さわぎてえなァこのことで……。

花魁は、起きたついでに、別のお客ンとこへ行って、体ァ提供する。また起きて、別の客ンとこへ行ってつとめるてんですから、考えてみりゃァ大変な重労働ですナ。五時になるてえと、もう番頭が階下《した》から、

「顔直しですよォ」

と、声をかける。朝の早い職人衆の客などは、もう帰ります。そのとき、花魁の髪が乱れていたり、化粧がはげていたりしたんじゃ具合がわるい。お化粧を直す時間というわけでございます。

ですから、この大引けから顔直しまでの時間てえなァ、お客にとっても、オチオチ寝ちゃァいられません。時のたんびに、廊下を歩く足音を気にして、

「そろそろ、来る時分だがなァ」

と待っている。ただ足音と申しましても、素足《すあし》で歩くんじゃァない。花魁てえのは、厚い草履をはいたもので、ふつう町方《まちかた》のご婦人が履《は》く草履の底を、何枚も重ねたようなもので、うすいので三枚、厚いので七枚てえのがありました。一番若い花魁衆のが七枚で、三枚てえなァもう年季前の、紫の手柄をかけているという年増《としま》の花魁で……。この草履でペタペタペタ……、バタバタバタバタ……と歩く。〝廊下バタバタ、胸ドキドキ、いのちに別条ないばかり……〟

なんてえ歌の文句もあるくらいで……。

源「ちえッ、ちっとも来やがらねえなァ。大引けすぎて、三時の時も過ぎてるてえのになァ……。ちきしょうめ、きっと誰かが、しゃべりやがったに違いねえ。〃あの人の金玉は、大きいぜ。おめえの尻より、もっと大きいぜ〃なんて……。留の野郎かな、それとも芳公かな？

いや、そんなこたァあるめえ。いった奴ァ、俺の勘定持たなきゃァなんねえからな。それに、今日の敵娼ァ、調子のいい女だからなァ。さっき、〃おまえさん好きだよォ、ちょいと音羽屋に似ているじゃないのォ。こんや、おまえさん、あたしを泣かせようてんだろ、にくいよ本当にィ、この人ァ……。待っててよォ、すぐ来るからねえ〃

って、俺のほっぺたァつねって行きゃァがったから、ありゃァきっと来るよ。おう、階段をトントントン……と上がって来たね。ありゃァ、まさしくそうだよ。ペタペタペタ……はおとなりさん。バタバタバタ……はお向かいさんだ。トントントン……と、来やァがった、ウフフ……。おーッと、通り越しちめえやがった。ウン、そうかやァ、うちのは、ああいう歩きかたじゃァねえナ。もっと、引きずるように、こうだるそうな歩きかただ。

おー、パァターン、パァターン、パッタァーン……うん、あれだ。来た、来た！　しかしなんだ、目ェあけて待ってると、甚助（好きもの）だなァと思われると、ちょいと癪《しゃく》だなァ。遊び馴れねえ野郎みたいに思われちゃァ、くやしいから、そうだ、ひとつ寝たふりをしていてやろう……」

吸いかけた煙草ォ、灰叩きにポーンとはたいて、布団をガバッとかぶって、グォーッと心にもない高いびき。

〝吉原の丑《うし》三つごろはだまし合い、狐《きつね》女郎に狸寝《たぬきね》の客〟てえくらいのもので……。

花魁「ああ、疲れたわ、かんべんしてくださいね。いえ、あたしの馴染《なじみ》なんだけど、そりゃァお酒が強くってねえ。その人ァね、飲んで寝ちゃったら、もうあたしには用なしなんだけど、寝るまでが大変なのよォ。

早く寝かそうと思ってね、わたしはおまえさんのことが気になって、ジリジリしてたんだけど、寝ないのよォ、なかなか……。ごめんなさいね。

ああァ、さっきから、タバコ一服吸うひまもなかったんだよ、本当にィ……」

と、朱《しゅ》の長煙管《ぎせる》に、タバコを軽くつめて、煙草盆を引き寄せて、火をつけようとヒョイと見ると、野郎吸いかけて、足音にあわてて、灰吹《ふ》きの中へ落としたのが、モヤモヤと煙

になっている。これを見た花魁が、

花「うふッ、おまえさん、寝てんのかい？　ちょいとォ！」

源「グォーッ、グォーッ」

花「いびきなんかかいても、ダメだよ」

源「グヮーッ……」

花「おまえさん、タヌキなんだろ？」

源「俺の金玉の大きいの、誰がそういった」

艶色古川柳

山伏へよなよな見舞《みま》う大天狗

（山伏は女陰の異称。天狗は男根の異称。夜毎にドッキング）

与兵衛の張形

えー、お古い川柳に、

小間物屋ご不幸以来一本売り

なんてえのがございます。一本買ったのは後家さんでございます。

生きもののように動かす小間物屋
上反《うわぞ》りは値が張りますと小間物屋
長いのははやりませぬと小間物屋
弓削《ゆげ》形はきらしましたと小間物屋

なんてんで、小間物屋がかせいでおりますのは、張形というご婦人専用の道具で、男のものそっくりに出来ている。

安直なのは木で彫ってある。上等のものはてえと水牛にベッ甲。もっとも木のものでも、左甚五郎が彫ったものなど、魂が入っていて、これを使ったご女中が懐妊をしたてえくらいのもので……。

水牛のものは、中にお湯を入れて、ちょうど適当な温度になったところでお使いになる。もっとも、うっかりすると、

　水牛が割れてと外科へそっといい

なんてえことになる。やけどをしゃァいけません。あまり使いすぎると、

　小間物屋これは修復なりませぬ

そりゃァそうでしょう。

ベッ甲のものてえのは、お湯であたためると、いくらかやわらかくなって、人肌そのままになるところが、こたえられなかったそうで、

　本物はどうであろうと長局《つぼね》

　生《なま》よりも喰ったあとがと小間物屋

というようなわけで、かえって本ものよりよかったりする。そうかと思いますと、

　はりかたは勘三《かんざ》をこなしこなし売り

この勘三てえのは、江戸歌舞伎の祖とうたわれました初代の中村勘三郎（一五九八—一

六五八)、別名を猿若勘三郎と申しまして、猿若座(のち中村座)をひらいた、そりゃァ人気の高かった千両役者。その名演のしぐさを真似ながら、張形ァ売る。こりゃァ若い女の子まで、ポーッとして買ってしまうわけで、頭のいい商売があったものでございます。中にはまた、ごひいきの役者衆の名前を、わざわざ彫ってもらって愛用したことも流行《はや》ったんだそうで、こっそりと用いながら、

(楼門五三桐《さんもんごさんのきり》の声色で)「や、でっけえかな、でっけえかな……」

となりの部屋では、

(忠臣蔵四段目の声色で)「細かりし、由良之助ェ……」

大変なさわぎ……。

えー、張形造りの名人と評判を呼びましたのが皮屋《かわや》与兵衛。俗称が〝皮与《かわよ》〟。そりゃァ見事だったそうで……。

歳《とし》の暮がやって参りまして、ふだんごひいきになっております奥女中に、何かお土産をさしあげたい。何がいいだろうと考えましたが、やはり、手っとり早いのは商売もの。折しも「忠臣蔵」の季節でございますから、義士の数にちなんで、腕にヨリをかけて仕上げましたのが四十と七本。

これに「音羽屋」「成田屋」「高島屋」「大和屋」「成駒屋」「高麗屋《こうらい》」「橘《たちばな》屋」……と、

一本一本に役者衆の屋号を彫りまして、一同にさしあげます。もらったほうにとっては、こんな結構なお歳暮はございません。ワアワアキャァキャァとうばいあい――。
これが、お殿さまのお耳に入りまして、
殿様「ああ、こりゃ、三太夫」
三太夫「ははーッ、うるわしきご尊顔を拝し……」
殿「うるわしきは、女どもであろうがの」
三「へへェ……」
殿「ああ、女どもが、異様なものを、大量に持ち込みおるが、心得ておるか？」
三「はい、あれは、張子《はりこ》の松茸とやら申しまして……」
殿「よい、よい、左様なゴマカシはいらぬ。張形であることは、余も存じておるわい」
三「ははァ、恐れ入ります」
殿「一本一本に、何やら名前が刻んである。あれは何者かの？」
三「はい、名前の者どもは、いま町方で評判の、歌舞伎役者めにござります。立役《たて》あり、敵役《かたき》あり、道化役あり、女形あり……まことに、人気の者どもにござりまして……」
殿「その役者どもの、どれが誰という証拠はあるのか？」
三「御意！　その証拠は皮屋与兵衛と申すもの、役者の一物《いちもつ》ことごとく存じおるとの評判の由にござりまする」
殿「う、苦しゅうない、その与兵衛とやらを呼んで参れ！」
三「ははッ！」
殿「その張形を、これへ取り揃えろッ！」
三「ははッ！」
てんで、与兵衛が御前《ごぜん》へまかり出ます。四十七士がズラリとならんでいる。
殿「そちが、与兵衛か？」
与兵衛「へ、へえへえ……ど、どうぞ、生命《いのち》ばかりは、お、お助けください。ウチには八十一になる母親が寝ておりまして、あたしとかかァの間に子供が八人……。あたしが稼《かせ》がないと、釜の蓋《ふた》があきませんので……」
殿「これこれ、そちの生命など取ろうというのではない。ここにある張形の数々、確《しか》とその方の作か？」
与「へへェ、御意の通りにござりまする」
殿「役者の持ちものと、寸分違わぬと申すが、確《しか》と左様か？」
与「へえ、まことに御意の通りでござります……」
殿「ならば、その証拠を申してみろ！」

与「へえ、かしこまりました」

話がそっちのほうだとわかって、与兵衛さんとたんに気が楽になった。

与「では、申しあげます……。

（リズミカルに）さてもさてさて、名にし負う、馬じゃ馬じゃというほどの、雁高《かりたか》一番胴《どう》返《かえ》し、上反《うわぞ》り中太獅子頭、下反り越前（皮かむり。むかし越前福井侯の槍袋が似ていたところから出た）唐《とう》がらし。色も黒白とりどりに、人の顔立ち違うよに、人の持ちものみな違う。役者の衆《しゅう》の名を印し、四十七士の勢揃い、赤穂浪士じゃなけれども、いざ討ち入りやいたすらん……」

殿様すっかり感心あそばして、

殿「はてさて、あっぱれであるぞ。しかし、そのように、形や寸法のわかる子細《しさい》は何じゃ？」

与「へえ、あっしゃァ、もと木挽町《こびきちょう》の芝居（山村座と森田座があった）に、二十年近くもおりましたので、よォく存じております」

殿「む、見たところ役者という面《つら》でなし、木戸番でも致しおったのか？」

与「いいえ」

殿「それでは幕引きでも致しておったか？」

与「いいえ」
殿「髪結いか？」
与「いいえ」
殿「何を致しておったのか？」
与「へえ、楽屋におりました」
殿「楽屋か？　して楽屋にて、何の役を致しておった？」
与「はい、風呂を焚《た》いておりました」

熊の皮

えー、むかしの長屋てえのは、大抵路地うらで、間口が九尺(二メートル七三)で奥行きが二間(三メートル六四)なんてえ、同じつくりの家が棟《むね》割りで並んでいたものでございます。

ここに大工だの左官だの、ボテふり(かつぎの行商人)だの、洗い張りだの下駄の歯入れだの、のこぎりの目立てだの、大神宮の札売りだの、紙屑やだの、あめ売りだの、占師だの、傘張りだの、いろいろな人が住んでいますが、共通しているのは貧乏で無知でお人好し、男は外では威勢がいいが、家の中はかかあ天下……。

便所とゴミ箱と井戸は一つで、これを共同で使う。ことに井戸端てえのは、おかみさんたちの寄りどころで、そこで情報交換をしながら洗濯をする。

長屋のおかみさんの腰巻きてえのは、大概膝までで、その下はなあんにも穿いてない。洗濯のときなんぞ、盥《たらい》でゴシゴシですから、立て膝でしゃがんでやる。そんなとき、白い股の間から、黒いものがチラリなんてことはよくあったもので、どこのおかみさんの濃いうすいなんてことも、みんなわかっている。長屋中には、秘密なんて一つもない。

女房「おまえさん」

亭主「なんだい」

女「なんだいじゃないよ、さっきから、どこを見てるんだい」

亭「いえ、なにね……」

女「その目は、助平の目だよ、あたしが、こうやって、しゃがんで火吹き竹（吹いて火をおこすに使った台所用具）を吹いている。火吹き竹を見るふりして、股ぐらをのぞいているんだろ」

亭「それにしても、きょうはいい天気だ」

女「ごまかすんじゃないよ。さア、めしがすんだら、横丁の医師《せんせい》のところへ礼に行って来ておくれ。こないだおこわ（赤飯）を頂いたろう」

亭「うん、うまかった」

女「何でも、さるお邸で、お嬢さまの病気を治したてんで、礼に熊の皮を頂いたそうで、そのお祝いに近所へ赤飯をくばったという、そのおこぼれをウチも頂いたのさ」
亭「道理で、少し葛根湯《かっこんとう》（漢方薬の一つ）の匂いがした」
女「くだらないことをいってないで、さあ行っといで」
亭「何というんだい」
女「いいかい、承われば、なにかお屋敷さまから到来物がございましたそうで、おめでとう存じます。お門多《かどおお》のところを、手前方までお赤飯をちょうだいいたしまして、ありがとう存じます。女房もよろしく申しました、といやあいいんだよ」
亭「むずかしいな、手ぶらでいいのかい」
女「いいんだよ、貧乏長屋だから、向こうも何もアテにしちゃいない。先に礼に行きゃァ、それでいいんだよ」
亭「うん、じゃ、行ってくる」
女「あいさつ、トチるんじゃないよ。女房がよろしく申しました、を忘れちゃダメだよ」
向こうへ参りまして、トンチンカンながら、ようやく礼をのべる。医者ァよろこんで、
医師「さあ、さあ、とりあえず、熊の皮をごらんに入れよう」
と、奥の間へ通す。
亭「へえ、これが熊の皮でござんすか」

医「そうだ」
亭「一体、何にするんです」
医「敷皮だな」
亭「敷皮と申しますと？」
医「尻の下に敷くものだ」
亭「へえ、見事なものでございますね」
と、奴さん、そこへ坐り込んで、あちこちをなぜ廻し、
亭「ここが頭で、ここが胸で、ここが腹でござんすね……」
医「そうだ」
亭「ここんとこに、穴がござんすね」
医「大方、鉄砲きずであろう」
（そこへ、指を二本入れて、引っかきまわしながら、鼻の前で納めて）
亭「（おもむろに）あっ、女房もよろしく申しました」

秋葉ッ原

えー、むかしから〝ところかわれば品かわる、難波の葦《あし》は、伊勢の浜荻《はまおぎ》〟なんてえことを申します。こりゃァ本当は〝品かわる〟ンじゃァなくって、〝名がかわる〟というんだそうですが、江戸で〝夜鷹《よたか》〟が、京では〝辻君《つじぎみ》〟、大坂へ参りますと〝惣嫁《そうか》〟てんで……。

夜暗いところに立っていて、通りがかりの男の人を、

「ちょいと、ちょいと、おまえさん、遊んで行かないかい」

と、袖《そで》をひっぱる女子《おなご》衆《しゅ》のことでございます。

えー、古い書物など繙《ひもと》きますと……別にひもとくというほど大仰な本じゃございませんが、「吉田の森に夜鷹という鳥住む。両の翼《つばさ》二十四枚あり……」なんてでております。江戸は本所《ほんじょう》の吉田町あたりに夜鷹の巣窟《そうくつ》があって、相場はてえと二十四文だったんですナ。

四宿（品川、千住、新宿、板橋）あたりのお女郎衆の揚代金《あげだいきん》が四百文のころの二十四文ですから、こりゃァ安い。

吉田町の夜鷹が、羽根をひろげる場所はてえと、近いところで両国の薬研堀《やげんぼり》（両国広小路）、それに神田の筋違橋《すじかいばし》（秋葉原近くの柳原土手）、ちょいと遠出をして神田の駿河台から護持院ヶ原……といったあたり、夜になっても人通りはあるが、一応静かなところ。

ノテ（山の手）のほうはと申しますと、四谷の鮫《さめ》ヶ橋あたりが巣窟で、こちらは番町から四谷堀端《ほりはた》、牛込桜《さくら》の馬場から愛宕下《あたごした》……といった方向へと、出稼ぎをいたします。

こういう夜鷹の服装はと申しますと、年なんぞには関係なく、振袖の着物を着て、顔には白粉《おしろい》をぬりたくる。少しでも若く見せようというわけで、チラッと見ると二十二、三、ちょいと見ると三十二、三、近づいて見ると四十二、三、よくよく見ると五十二、三、年をきいてみると六十すぎ……なんてえひどいことになる。

莚《むしろ》を一枚かかえて、商談が成立いたしますと、パーッとひろげりゃァ布団がわりになる。

こういう女ァ、病気（花柳病）を持ってない者はないといわれたくらいのもので、

えー、その時分の川柳に、

　吉田町女房かせぐを鼻にかけ

なんてえのがございます。また、

鷹の名にお花お千代はきついこと

なんてえのもある。〃鼻にかけ〃というのは、自慢しているというのと、鼻が欠《か》けてるというのと、両方にひっかけてある。〃お花お千代〃というのは、〃お鼻が落ちるよ〃の洒《しゃ》落《れ》でございます。

買った男は、梅毒がうつって、鼻の落ちるのを覚悟しなくっちゃいけないというんですから、安かろう悪かろう、ひどかろうの三拍子。大変な女がいたものでございます。

そんなのを承知で、わざわざ通りかかる奴がいる。

夜鷹「ちょいとちょいと、よォ色男ォ」

男「俺かい?」

夜「色男ったら、おまえさんにきまってるじゃァないか。遊んでおゆきよ。三十二文でどうだえ?」

男「高えな……」

夜「高かったら、二十四文でいいよ」

男「うん、なァ……」

夜「ハッキリしない返事だねえ。でも、おまえさん、見りゃァ見るほどいい男だねえ。役者にもおまえさんほどの男はいないよ」

男「そうかい……」
夜「あたしゃァ、おまえさんに惚れたよ。本当だよ」
男「うまいこというない……」
夜「商売ッ気離れて、つとめてあげるよ」
男「商売気離れるって？」
夜「二十四文でなくたっていいんだよ」
男「損にならないかい……」
夜「惚れた男に損も得もありゃしないよ。二十文でもいいよ。おまえさんのいう通りつとめてあげるよ」
男「無理するこたァないやな」
夜「いいんだよ、じゃァ十八文だってかまやァしないよ。ねえ、いいだろッ」
男「いや、よそう」
夜「どうしてだい？」
男「おまえが、どんなにつとめても、ウチの女房ほどにはゆくまいて」
夜「おや、おまえのおかみさん、そんなに床《とこ》上手なのかい？」
男「いやなに、何度シてもただださ」

こういうなァ、始めっからひやかしのつもりですから、女がいくら攻めても遊ばない。難攻不落の熊本城（明治十年の西南戦争をいう）みたいな男ですナ。

甲「おう、近ごろ秋葉《あきは》ッ原《ぱら》によォ、ちょいとオツな女が出てるのを知ってるかい」

乙「ほう、どんな女だ？」

甲「年ァ四十でこぼこらしいが、肌ァ餅肌でそりゃァ白い。小肥りなんだ、ウン。骨ばった女ァ、浅くっていけねえや。そいつがよォ、またいいんだ、好きなんだよ。本当の助平てえなァ、ああいう女をいうんだろうなァ」

乙「ふーン……」

甲「何でもナ、あんまり好きなんで、亭主のほうが音をあげる。とてもそうは続かねえてんで、三度に一度は尻をむけて寝る。そいつが気に入らねえてんで、その女ァナ、こっそり家を抜け出して、商売《しょうべ》ェに出てるってはなしよ、ウン。人のかかァだし、道楽で夜鷹ァやってるてえぐれえだから、鼻ッ欠けの心配《しんぺえ》は要らねえし、そう銭《ぜに》もねだらない……」

乙「夜鷹の掘出しもんだなァ……」

甲「だからさ、はきだめに鶴《つる》だって評判ヨ」

乙「おめえ、遊んだのかい？」

甲「いやァ、遊んだ奴の友達の、弟てえのにきいたんだ。どうだ、行かねえか？」
乙「そりゃァ、どこだい？」
甲「うん、秋葉ッ原のサ、何でも秋葉さま（火よけの神の秋葉神社があった）の裏あたりの材木置場のとこらしいんだ……」
乙「うん、行こうじゃねえか。善は急げてえことわざもあらァ……。さァ、行こう！」
甲「おらァ、今夜ァ具合ェ《ぐえ》がわるい。親方ンとこで、ちょいと用事があるんだ」
乙「しょうがねえなァ。子供に飴玉《あめだま》ァ見せといて、取りあげるみてえなもんだ。罪《つみ》だぜ、そりゃァ……」
甲「おめえ、一人で行って来たらどうだ。何でも、豆しぼりの手拭いを、口にくわえているてえから、すぐにわからァ。じゃァ、あばよッ！」
友達ァ、スーッと行ってしまう。
乙「据膳喰わぬは男の恥……てえぐらいのもんだから、一人で行ってみよう。幸いドンブリ（腹掛け）の中にゃァ、今日の手間賃がそっくりあらァナ。
（ポンと腹のあたりを叩いて、それから歩きながら）あんちくしょう、はきだめに鶴だってやがらァ。ウチのかかァだって、あんまりきらいなほうじゃァねえが、その女ァ、よっぽど好きなんだな、きっと……。〝あら、ちょいと、おまえさんの、ずいぶん立派だわねえ〟

〃あァ、町内の湯ゥ屋でも、稀《まれ》ものの中に入らァ〃〃まァ、うれしいよ、おまえさんのものは、あたしのものだよッ〃てんで、俺にかじりつかァ……テヘヘ……。そろそろ、この辺りだな? えーと、豆しぼり、豆しぼり……」

材木に巣をかけて待つ女郎ぐも

材木のかげから、豆しぼりの手拭いをくわえた女が、ひょいと出て、手を取ってくらみへスーッ!

江戸のむかしのことでございますから、夜ァまっくらでございます。三日月の晩の、それもくもり空。おまけに材木のかげですから、そりゃァ真の闇。ゴザがひいてあって、その上へ寝っころがって、手さぐりでおっぱじめようという寸法で……。

こちらは、町方のお役人衆、かねてうわさが耳に入っておりますから、風紀を乱すけしからぬ奴、引ッとらえてくれようと、手ぐすね引いてかくれている。息をひそめて、地べたへはりついている。

いざ、一儀《いちぎ》におよぼうとするその途端、あたりからいっせいに、

「ご用!」

てんで、強盗提灯《がんどうちょうちん》(銅またはブリキで釣鐘形の外廓《がいかく》をつくり、内はロウソク立てが自由に回

転するようになっており、前方だけを照らす提灯）やら御用提灯が、パッと突き出された。
乙「たはーッ、ごかんべんを！」
役人「ならぬ！　風紀を乱す不届者《ふとどき》めッ、神妙に致せ！」
乙「いえ、ごかんべんを……。これは、女房でございます」
役「たわけたことを申すな、夫婦ならば、なぜこのような場所でいたすのかッ？」
乙「へえ、いま照らされて、はじめて女房とわかりました」

艶色古川柳

女房に七十五日貸しが出来
（赤ン坊が生まれると、交合禁止は百日とも五十日とも。七十五日が平均）
空尻《からしり》へ女房茶臼《ちゃうす》の乗り心地
（空尻は荷物をのせない馬。そこへのった女房は、茶臼〈女性上位〉の気分）

けんげしゃ茶屋

　色街が明るくなれば家が闇

という川柳がございますが、それはまァ、たいがいそういうことになりますナ。色街のことにすっかり明るくなるような時分には、お家はもう闇で、まっ暗になってしまう……。そうかと思うと、また、

　色街が明るくなれど人ならば、家をも闇にするはずはなし

というて……。なるほどこれもそうでおますな。色街が明るいほどの甲斐性者《かいしょうもん》が、わが家を闇にする気遣いはございません。道理でおます。そうかと思うと、

　沈香も焚《た》かな屁《へ》もこかん

あの色街のお遊びというのは、十人十色で、みな遊びかたが違います。いつお出《い》でにな

りましても、人形箱をぶっちゃけたように、きれいどころをズラリとならべて、わぁわぁわぁと無邪気に遊んで、あまり更《ふ》けんうちにスッとお帰りになります。こらええ遊びでおますな。もうお茶屋さんも大喜びで……。

ところがまた、色にはなまじ連れは邪魔なんてことをおっしゃって、一人こっそりとお遊びになる方もいる。中にはまた性《しょう》の悪い遊びもあります。呼んだ者を残らずいやがらせて、ご自身ひとりがご愉快を遊ばされる。こらァ、その悪い遊びでおますけど……。

又兵衛「おォ、村上の旦《だん》那さんでおますか、どちらへおいでで?」

旦那「おー、又兵衛さんか、あー、えらいとこで遇《お》うたな。で、おまえさん、えらい忙しそうにして……」

又「えー、まァ、なにしろもう、いよいよ明日は元日で……。あちらこちらともらいに回ったり、また払いに回ったり、もうキリキリ舞いで歩いておりますがな」

旦「忙しいほど結構なことはない。わしなど、もうナ、家《うち》におったかて邪魔者扱いじゃでな。そいでまあ、南をひと回りして、帰りに宗匠（技芸の師匠）の家《うち》へ寄ってお茶でも飲んでこうと思《おも》て、出かけてきたところじゃ」

又「よろしおますな。旦那さんのようなお身《み》柄に、たった一日でも半日でもなってみたいもんでおますなァ。

ところで、ちょっと聞きましたが、せんだって新町で、えらいおもしろいこっとおましたそうですなァ」

旦「新町で？　あァあァ、アハハハ、あの一件か。聞いたか、早耳やな……」

又「聞きましたな。もう、みながみんな感心して……。旦那さんやなけりゃでけんご趣向だと申しましてナ」

旦「いやあれナ、趣向したと思われるとえらいつらいねン。出来心で、ついあんなことになってしもたんや。というのがな、あの幾代《いくよ》餅《もち》の表を通ったところを、職人がこう、栗餅をこしらえてたんで、そこで、ヒョイと思いついて、

〝その栗餅をば、餡《あん》をつけずにな、ごくぞんざい（大まかに）に握って、五つ六つ竹の皮に包んでおくれ〟

ちゅうて、それを懐中《ふところ》に入れて、で、新町に行《い》たんで……。

さァ、芸者が十五、六人もいてたかな。幇間《ほうかん》（たいこもち）が二人ぐらい……。で、舞《まい》妓《こ》も混《まざ》ってたかな。ほて、ワァワァと騒ぎのなかばで、わてが〝腹が痛い〟というてやったら、さァ、仲居《なかい》が心配してナ。

〝ほな、お薬を、お医者を……〟

と、言うのを、

〝いやいや、わしのこの腹痛はな、医者も薬もいらせん。出すもんさえ出してしもうたらコロッと治《なお》るのや。すまんけどここでさしてもろうさかい、おまる（便器）を出しておくれ〟

ちゅうたんや。

〝旦那さん、こんなところで？〟

〝こんなところでするためのおまるやないか。ナ、雪隠場《せんちば》まで立つのやったら、おまるなどいらんわい。いやか、ハハハハ……。いやらしい顔してるな。まァまァええ、そうこうするうちに、自然になおるやろ〟

皆の気のつかんようにな、その粟餅をひとつ、この、尻の下へひょいっとおいてナ、しばらくしていると、

〝旦那はん、お腹《なか》は？〟

〝ああー、言うたとおり、もう出すもんさえ出してしもうたらナ、忘れたように治った〟

〝けどあんた、お手水《ちょうず》へ〟

〝いや、手水へなど立たせんわ。わしゃ手水へ立つのは大儀なんや。おまえにおまる出せったらいやな顔しおったけど、わしかて辛抱がしきれんようなってナ、すまんこっちゃけど、ここでしてしもうた〟

と、わて言うてやった。な、粟餅をぞんざいに握ったやつをナ、竹の皮に包んで、懐中に入れて、じんわり抑えてるわ。誰が見たかてホンマものに見えるやないか。

〝まァ旦《だん》那さん、なんてことをあそばして……。これ、塩を持といで、灰を持といでエ！〟

〝これこれ、ヤイヤイ騒いでくれるな。騒ぐほどわしの恥になるこっちゃ。いや、もうおまえ方には、片付けてくれとは言わせん。わしがしたもんは、わしが始末をつけたる〟

ちゅうて、その粟餅をばナ、コロッと食べてしもたんじゃ。ほたら、みなびっくりしよってナ。気の弱い奴らはもどしたりして……。

すると、幇間の繁八《しげはち》じゃが、

〝旦那さん、なんちゅうことを……〟

ちゅうさかいにな、

〝繁八、おまえはまだ修業が足らんな。わしのしてることがわからんか。これを見てみい〟

と、竹の皮を拡げて、粟餅出してやったら、

〝粟餅でしたんか？〟

〝知れたことというな、なんぼわしかてホンマものが喰えるか、あのときにおまえが、旦那

さんのでしたらひとつ頂戴《ちょうだい》と、ひと口でも食べてくれたら、えー、大した褒美《ほうび》やるとこやったぜ〟

〝いやー、残念だすなァ、それを前にいうといてもろたら……〟

〝言うてからして、なンになるかい〟

と、大笑いになってナ、アハハ……。

それからナ、ホンマにしとなって、廊下にこう立ったンや。ふっと後ろ向くと、繁八がついてくるさかいにナ、また出来心で、ホンマのかたいやつを、コロッとひとつ落としてやったら、

〝ワーッ、旦那はん、ご褒美にありつきました。ありがとうおます〟

と、それを持ったときの繁八の顔、絵にも描けな、写真にも撮《と》れんちゅう顔しおったがなア」

又「あー、さいでございますか。面白いこっておますなァ、殺生《せっしょう》な遊びですけれども、まァ旦那さんでなければ出来んこっておますな……。まァ、しかし、きょうはこのとおり、お忙しい日でございますけれども、えー、一夜あけますと元日でございます。また、いろいろと趣向を変えて、何か面白いお遊びの、お供をいたしたいもので……」

旦「おうおう、いや、行こう行こう。おまえが来てくれるちゅうんやったら、わしゃもう

喜んでナ、行く。ほなァ、あした行くことにしょう」
又「へえ、ほなら、あした……、元日からお供させてもらいますんで？」
旦「ところがな、新町やないで。あれからこっちィな、もう新町でわいのことを〝ババの旦那《だん》さん〟なんちゅうて、妙な名前つけよるんで、行けんようになってしもたんや。で、このごろは南へ凝ってる。というのはな、可愛いのが一人でけたんや。おまえ知っちょるかいな、あの国鶴《くにづる》ちゅうて……」
又「うわァー、さようか、旦那さんは、まァお早いこって……。あの国鶴さんを……」
旦「おう、知ってるか？」
又「いえ、存じまへん……」
旦「なんじゃ、知ってるような物の言い方すな。知らんのやったらあの妓《こ》の家も知るまいがな。国鶴の家は橋筋《はっすじ》をちょっと入ったところでナ。表札に林《はやし》松右衛門としてある。そこの行灯《あんどん》に、国鶴の〝鶴〟の字をとって〝鶴《つる》の家《や》〟とこうしてあるのンや。で、まァ、そこの家内がな、四人《よったり》や。松右衛門さんとお婆《ば》ンと、国鶴とおちょぼ（使いはしりの少女）……この四人がなァ、もうえらいけんげしゃ（ご幣担《へいかつ》ぎ）じゃ。な、そこでちょっとでもゲンの悪いことをわしが言うと、もうみなが顔へ稲光《いなびかり》をさすのや。それが面白うて……。この節《せつ》では、国鶴の色恋はさておいて、顔へ稲光をさすのが楽しみで通うとるところや。まアまアこれも愉快の一つやナ。

そいでまァ、おまえが、あした来てくれるのやったらな、こうしてんか。葬礼《そうれん》ののりもの担《かつ》がして来てな……」

又「えッ、あの、葬式の⁉」

旦「うん、そうや。ほてな。供を十人ばかり……。そうやな、みなに白の看板（家号・紋所などを記したハッピ）着せてナ、白張《しらはり》（提灯）、影灯籠《かげどうろ》（回り灯籠）、樒《しきび》を持たして、葬礼ののりもの担がせてきておくれ。ええか、ほて、表へさして、駕籠《かご》をおいて、なるべく人の目に付くように、看板着てるやつをウロウロウロウロさせてんか、ええな。

あとでみなに一杯飲ますさかいにナ、えー、鶴の家に入《い》って行て、

〝船場の旦那《だん》さん、おいでてでございますか？〟

と、こう尋ねてもらうわ。向《む》こは隠す気づかいはないさかいにナ、

〝へえ、おいでてでございますが、あなた、どなたでございます？〟

と、まァ、向こうが尋ねるやろ、ほたら、

〝冥土《めいど》から死人《しぶと》が迎えに来ました〟

と、こう言うてもらいたい」

又「へへえ？　そら言えとおっしゃれば言わんことおませんけど……、元日早々、冥土か

ら死人とは、あんまりきつぃようで……」
旦「いや、元日やさかいなおさら面白いのじゃ。こら言うてもかまわん。おまえ、京都のうちのあの親類知ってるか？　あの御影堂《みえい》の……」
又「へえへえ、あの五条の橋のこちらの、扇屋の沢山《たんと》あります……」
旦「そうそう、向こうを御影堂という……。そこの苗字が渋川で、名が藤左衛門《とうざえもん》じゃ。頭字《かしらじ》をとると〝ミエイドウからシブトウ〟となるさかい、こら言うてもかまわんさかいナ、言うとくれ。ほてな、家らへ入って、二階へ上がってから、ま、向このいやがることさえ言うてくれたら、あとは万々《ばんばん》わたしの胸にある……というわけや。どうじゃ、来てくれるか？」
又「へえ、行きますとも……。もう、わたしも、いたってそんなことが好きなタチで……」
旦「好きならなおさら面白い。ほたらな、あしたの昼やで、あしたの昼……。とにかくわしを迎えに来るということにして……。時刻をば間違えんようになァ……」
又「へえッ、ほなまァ、そうさしてもらいますんで……」
旦「あァそうか。えらい忙しい中、手をとめてすまなんだな。ほな、きょうはこれで別れよう」

又「へえ、旦那さん、それではごめんこうむります……」

旦「あ、ではあんたもな、ええ年をおとりなされや……」

その晩はお宅で……。あくる朝、早うお目覚めで……。雑煮を祝うて、着物を着替えまして、表へお出ましになります。南へ南へととってかかります。戎橋《えびすばし》をひょいと向こうへ渡りますと、色街の元朝はまた格別。羽根や手毬《てまり》のお陽気なこと……。(「十二月《つき》」という下座唄入る)

旦「あーァ、ええ気持やなァ。色街の元朝、静かで、何ともいえんもんやなァ……。おう、弾《ひ》き初《ぞ》めの音がするなァ、十二月《つき》か……。普段《つね》はあんまり弾《ひ》かん三味線やが、ええ唄やな……。こらもう、残らずワイセツになってあるのやけども、あんまり文《ぶん》がきれいなので、あんまりワイセツらしゅう聞こえんのやから、妙なもんや……。あの三味線について、ひとつ唄うてみようかナ。

〽トーントントン……。(二上りで)まず初春《はつはる》の、暦《こよみ》ひらけば、心地よいぞや、みな姫はじめ。一つ正月齢《とし》を重ねて、弱いお客はつい門口で、お礼申すや。新造《しんぞ》禿《かむろ》は、例の土《かわ》器《らけ》とりどりに、なずな七草、囃《はや》し立つれば心うきうき、ついお戎《えびす》の、ジッと手に手を、七五三《しめ》の内《うち》とて、奥も二階も、羽根や手毬《てまり》の、拍子そろえて、音もトンドと突いてもらえば、骨《ほね》正月や……。

あッ、ちょうど正月のしまいで入口やナ。さア、来ましたぞ……」

婆「あー、旦那さんでございますか。さァ、どうぞまァ、お上り下さいまし。階下《した》はこの通り取り散らげております。いつものお二階へどうぞ……」

旦「あ、そうか。ほたらまァ、とにかく二階へ上げてもらおう」

トントントントントントン……。

お座が定まりますと、お婆《ば》ンが宣徳《せんとく》（銅器）の火鉢へ、仰山火を入れて、

婆「えー、旦那さん、お冷たいこってございます。どうぞ、どうぞおあたり下さいまし」

旦「うー、よう冷《ひ》えるなァ、ウン。とりわけ今年の正月は寒いな。あー、あんたもえらい齢やからな、どうぞかまわんといとくれ、ほっといておくれ」

婆「はいはい、どういたしまして……。さて、旦那はん、明けましておめでとうございます。古歳《ふゆとし》（旧年）はもういろいろと、もうお世話になりまして、もう昨晩《ゆうべ》も家内中、揃うて申しましたのには、このような結構なお正月さしていただくのも、みんな旦那さんがあればこそ……。旦那さんのご恩忘れたらバチが当たると申しまして、へえ、一統に（みんなして）喜びましたようなことで……。

また、つきましては、あの国鶴、まことに気儘者《きままもの》でございます。さだめしお気のすまん

とこもございましょうが、どうぞまァ、そこは、お目長《なご》う幾久しゅう、よろしゅうお願い申しますって、ございますって、ございますってございますって……おます」
旦「アハハ……、仰山礼《ぎようさん》いうて……。そない仰山礼いうたら、おまえ損がいくで……。いや、わしもな古歳にはナ、国鶴にはこう、お婆《ば》んにはこう、またおちょぼにはこうとナ、胸算用はしてあったけどもなァ……。どうもなァ、正月前から取り込み続きでナ、ついまァまァうっかりと忘れてしもうて、行きとどかなんだかもわからんけど、どうぞ堪忍しておくれ。で、なにか、えー、松右衛門さんはどうしたナ、何か変ったことはなかったか？」
婆「松右衛門は、とうから、双方へお礼に参りましたで……」
旦「あァそうか、とうから葬礼《そうれん》か？」
婆「葬礼ではございませんワ、双方へお礼に回りましたので……」
旦「双方に礼なら葬（双）礼やないか……。あまり気にしいな。ほて、国鶴はどうしました？」
婆「あの、ただいま、国鶴は身体《からだ》仕舞《しも》うておりますす……」
旦「ええエッ、身体終《しも》うてしもうたかッ。だから、わしがいつも言うてやろ、〝おまえ、ちと養生しないかんでェ〟と、始終言うのに、ちょっとも言うこと聞かんさかい、とうと身体終うてしもうたンやろ。ほて、医者が手ェはなして、いま葬礼のこしらえか？」

婆「旦那さん、なにをおっしゃるので……。ゲンの悪いことばかりおっしゃって、もう堪忍しておくれやす。身体仕舞うと申しましたら、いま国鶴は身仕舞いをいたしておりますので……」

お婆ん泣《な》っかけてしもうた。

これがチラッと国鶴さんの耳に入りました。早幕《はやまく》でこしらえまして、
国鶴「旦那さん、おめでとうございます。旧冬《きゅうとう》はいろいろとご厄介をおかけいたしました。ありがとうございます。どうぞ本年も、相変わりませず……」

旦「あァ、国鶴か。あー、きれいやなァ。きれいなのはいつものこっちゃけど、きょうはとりわけ美しいおつくり（化粧）が出来《でけ》たナ。さァさァ早く、火鉢の傍《はた》へおいで、火鉢のはたへ。いまお婆んに聞いたんやが、松右衛門さんが葬礼やそうで……」

国「もう旦那さん、堪忍しておくれやす。そのいやがらせ、もうナ、普段《つね》はともかく、三ガ日だけ、どうぞそんなことおっしゃらんように……。気にしますさかいに、どうぞ堪忍しておくれやす。

お婆《ば》ん！　あの、御酒《ごしゅ》の用意しなはらんか。お酒がないさかいあんないやなことばかりおっしゃる。さァ、早う用意しなはれ、早う！」

旦「そうお婆んをガミガミというて使うのやないで。な、あの人かて、もうえらい齢《とし》やがナ。きょうあんなしてたかて、晩になってどないなるやら……。あしたの朝、夜が明けたら、倒れてるっちゅうことが、あるやないかわからんほどの、もう年寄りやないかァ」

国「また旦那さん、そんなことをおっしゃるワ。ま、どうぞそんなことをおっしゃらんように……さァ、どうぞ、お盃《さかずき》を……」

旦「あー、そうか。ほなまァ……。あー、これこれ、なみなみとついだなァ、そんな仰山ついだらいかんがな。

国鶴ゥ、これ冷たい、甘い酒やなァ」

国「へえへえ、みなしはります。お屠蘇《とそ》いうて……」

旦「おもしろいな、オソソか？」

国「いえ、オソソやおまへんがな、なにをおっしゃる、トソでおます」

旦「ははーん、土葬《どそう》かい？」

国「土葬やおまへんがな、トソ！」

旦「けど、にごり打ったほうが陽気でいいがな、ドソッ……」

国「あーんなことばっかりおっしゃるの。性《しょう》の悪い、三ガ日だけそれ堪忍しておくれやす。どなたかてみなしはりますのやからナ。なにもこれゲンの悪いものやおませんで、オトソといって正月に祝わんなりません」

旦「ちょっ、なにをいうねン。おまえはなんと思うてんね、この酒。こう酒の中へ薬が入ってんやで、薬酒《くすりざけ》やで……。元日早々から、この薬酒のんで、おまえ喜んでんのか。ほなら今年また、おまえんとこ病人絶えへんで……」

国「またあんなことおっしゃるわァ、あんた……。けど、なにもあんなことおっしゃらんかて、黙ってお上りになったらよろしゅうおまんのに……。

お婆ん！　ちょっと、旦那さんまたいやなことおっしゃるわ。オトソが冷たいとおっしゃって……。やっぱり熱燗《あつかん》……カンを熱うして、早う持って来て、早う持って来ておくンなはれ」

旦「そう、お婆んを、いちいち……」

国「あー、かんにんさん。さ、旦那さん、お熱いのを一つ……」

旦「おッとっとっと、なんちゅう酌《つ》ぎかたすンねん。ドボドボボッと……。シューッとやンわり酌いでおくれ。酒が盛り上がっておるがな。手を引くことがでけんから、口のほうからお迎えがいかんならん。

また、お迎えちゅうと気にするのやろ。何でもないことを気にするさかいな。だんだんだんだん痩《や》せて、ギスギスしてるがな、おまえは……。

あーアッ、またこの酒は、熱い酒やなァ。わしがしょうむないことを言うさかい、いろいろといらって、火燗《ひかん》したと違うか」
国「また火燗やなんて、あッた。おちょやんが気ィきかせて、銅壺《どうこ》（銅で作った箱形の湯沸し器）へつけてお燗しましたんエ」
旦「あ、ほたら湯灌《ゆかん》やなァ」
国「湯灌やおまへんがな、ほんま、あんなイヤなことばっかりおっしゃる、もう……。旦那さんお頼みがありまんねッ」
旦「なんじゃ、あらためて、元日から……」
国「あのォ、きのう旦那さんがお帰りになったあとで、一竜《いちりょう》はんと芝竜《しばりょう》はんと、絹松《きぬまつ》ッあんと小伝《こでん》さんが来まして、旦那《だんな》はんはてききましたから、
〃旦那さんは、いまお帰りになったところで……〃
と言いましたら、
〃まァ、なんでもっと早う知らせてやないの。きょう会わなんだら、今年は会われしまへんやないか。いまからお店へ行《い》て、呼んで来ておくんなはれ〃
〃そんな無理なことといいな。いまからお店へ行て、お呼び申すわけにいけへん。あしたの朝、早うから来ァはることになってるさかい、来いはったら知らせてあげます〃

こう言いましたら、

〝どうぞ知らせておくんなはれ。たとえ線香三本でもかまへんさかい、こちらのお座敷から初出がさせてもらいたい。ぜひ知らせておくんなはれ〟

こない申しておりますねん。旦那はん、知らせても大事おまへんか？」

旦「うえーッ、大事あるもないもないわ。知らせとくれ、早う知らせとくれ。こういうことは片時《かたとき》も早い方がええ、電報でも打ってナ……」

国「また旦那はん、そんなことおっしゃる。まァ、いやなことおっしゃるわァ」

ホンマに国鶴さんもう泣き出しよった。

そこへさしてゾロゾロゾロッと、芸妓衆、みな出《で》の衣裳でナ、

一竜「旦那《だんな》はん、おめでとうございます。旧冬はいろいろお世話になりました」

芝竜「旦那さんおめでとうございます。お早くからお越しで……」

絹松「ま、旦那はん、おめでとうございます……」

小伝「旦那さん、おめでとうございます」

旦「おうおう、一竜、芝竜、絹松、小伝……揃うてきたな。やァ、きのうわしが帰ったあとで、えろう国鶴に無理を言うたナ。そなこと言うてやってくれるな、かわいそうにな……。いや、えー、わしも、おまえらの顔見んことにはおもろうない。で、きょうは正月

のことゆえ、おまえがたに働かそうとは思わんさかいにナ、なんなとな、好きなことして、
遊んでおくれ」
陰気なお座敷が、急にワーッと陽気になりかけた。
旦「あーァ、これやなかったら、どもならんな。あー、国鶴、えらい変わった柱掛《はしらか》けがで
けたな」
国「へえへえ、あの新町の池田はんにもらいました……」
旦「あァそうか、ようでけてあるな」
国「へえ、ようでけてまっしゃろ。〝のどかなる林にかかる松右衛門〟としておます」
旦「あー、なるほど、おもしろいな。〝のどが鳴る、早や死にかかる、松右衛門〟か」
国「そんなけったいな読みようしなはんナ、あゝた。いえ、うちが苗字《みようじ》、あゝた林でっし
やろ。お父《と》っさんの名前が松右衛門だっさかい、名前をば読み込んで、〝のどかなる林に
かかる松右衛門〟となっております」
旦「そやから、言うてるやないか。〝のどが鳴る、早や死にかかる、松右衛門〟……」
国「妙なところでお切りになりますから、そんなことになんのや、もう……。きらいッ、
もうあたし、これ破ってしまう」
婆「これこれこれこれ、旦那さんのおっしゃること気にとめていたら、キリがおまへんが

な。なにをしなはるのや、もう……。旦那さん、どうぞまァ、ご堪忍を……。
ま、さァさァ、みなさんどうぞナ、ご陽気に……」
国「それみなさい、旦那さん、あんたがいやなことばっかしおっしゃるから、お婆《ば》んに叱られましたがな」
と、ワーッとなりかけたとこへ、きのう旦那さんに頼まれた男、ご注文の通りの装束《ふう》をして、葬礼ののりもの担がして、供を十人。表へデーンと、そののりものをすえて、そこらウロウロとうろついてます。こらァ目につきますわいな。
又「へえッ、こんにちは」
婆「はい、お越しを……。ははァ、どなたさまでございます？」
又「あー、船場《せんば》の村上さんが、おいでになったるはずで……」
婆「はいはい、船場の旦那さんなら、おいででございます。で、どなたさまで？」
又「は、おいでか、おいでならな、冥土から死人《しぶと》が迎えに来たと、お取次を……」
婆「もし、なにをおっしゃるんで……。わたしんとこは、いたってこの、けんげしゃで……」
又「けんげしゃでも、ご幣担《へいかつ》ぎでも、そらァ、言うべきことは言わな仕方がおません。
(大声で) えー、冥土から死人が……」

婆「あーあーッ、もうなんちゅうことおっしゃる。旦那さんが旦那さんなら、お連れさんも同ンなしようなことをおっしゃる……。どうぞ、しばらくお待ちを……。
あのォ、国鶴はん、国鶴はん……」
国「はい、おばァん、なに？」
婆「あのな、旦那さんのお連れさんがな……」
国「お連れさんが？　どなた？」
婆「それがなァ、おまえ……。冥土から死人が……」
国「おばん、あほッ、なにを言わはるネン。(横ッ面を叩く) 朝からナ、それがわても気になってかなわんのに、あんたまで同《お》ンなしように……。なんてこと言いなはる！」
旦「まァ、これこれこれ、またおばんにそう嚙みついて……。
なに冥土から死人？　こらァ言うてもかまわん。なァ、おまえ知らないやろけど、うちの京都の親類、あの御影堂の渋川の藤左衛門……なァきょうここへ来るちゅう約束がしてあるのじゃ。それで来おったのやがな。頭字をとると〝めいどのしぶと〟とこうなるのやさかいな、あー、面白い男や。まァゴテゴテ言うとらんと、早う死人を二階へ、ほうり上げてしまえ」
婆「そんなおかしな名前付けんかて、渋川はんなら渋川はんでよろしおますがな。あー、情けない。あのォ、渋川はん、どうぞ失礼でございます。お二階へどうぞお上がりを……」

又「はい、ありがとう……。

あー、村上さん、もうこちらへおいででございましたか。いや、あたくし、天満《てんま》へ回りました。ところがナ、天満の勘兵衛がナ、ゆうべなにかお約束があったとかで、今朝《けさ》から旦那さんのお行方がわからんちゅうて……。天満の勘兵衛が、あッた腹を立てましてナ、え、天満の勘兵衛が怒っております。つまり、〝テンマのカンべがおこったんで〝テンカンが起こった〟ちゅうわけで……」

国「まァ、いややわ。また一人ふえたんかいな、これ……」

旦「アハハ……、こら面白い、気に入った。なに、天満の勘兵衛が怒って、〝テンカンが起こった〟か……。いや、あいつが怒るとかなわんナ、目ェむいて、泡《あわ》吹いてな」

国「もう旦那さん、もう堪忍しておくれやす。そんなことどうぞ、おっしゃらんように……」

旦「おッ、おー、シブトか。えー、どうじゃ。さァ、駆けつけ三杯だ、さァ大きなもので、さァさァ、遠慮なく……。

どうじゃ、この辺の芸妓《こども》は?」

又「さすがは旦那さんのごひいき、たいしたもんでおますな。ひとつお引き合わせを……」
旦「おう、引き合わそ。これが一竜で、これが芝竜じゃ……」
又「へへえ、なるほどねェ。芸者衆も増えると、名の付け方に困るとみえますな」
旦「名の付け方に困るとは？」
又「へえ、これが生霊《いきりょう》と、死霊《しりょう》で……」
国「また、なにをおっしゃるの!? まァあんたまで同《お》ンなしように……。そんなけったいな名前がおますかいな、あんじょう聞いておくんなはれ。一竜はんに、芝竜はんだすネ」
又「あァ、一竜に芝竜か。わたくしは生霊に死霊かと思いまして、どうもこれは失礼を申しました。ねえ、村上さん、こちらにおいでになるのは？」
旦「これが絹松に小伝じゃ」
又「はァー、シヌマツにコウデンで……」
国「まァ、なんということを……。あんじょう聞いておくれやす。そんなけったいな名前がおますかいな。絹松さんに小伝さんだんがな」
又「あっ絹松に小伝か。あァ、わたしは、死ぬ待つに香典かと思いまして……。ハハハ、これはしばしば失礼を、ごめんを。

なァ、村上さん、あなたのおそばで、そのやきもきおっしゃるそのおかたは？」

旦「これが、ぼくの愛妾の、国鶴じゃ」

又「はーあ、その人が、首吊るかァ」

と、むちゃ言いおった。ワーッと国鶴さん泣き出してしまいました。座はシーンとしてしまって、お婆んが階下でシクシクと泣いております。

表を通りあわせましたのが、この南の帮間《しま》で繁八という男、
繁八「はてな？　おかしいな。葬礼の乗物？　どうも一式揃うたあるようじゃな。おう、人足がウロウロウロウロしよる。どなたがおかくれになったやなァ？　死ぬ人誰もないで……。ここの旦那に、ゆうべ風呂で出会うて、背中流してあげたんやし、お婆んが向うに座ってる。さては国鶴さんにおちょやんか……誰も死ぬ人がないように思うのやがなァ……。というて、素通りもでけへん。

へいッ、こんにちは……」

婆「あッ、繁八っさんかいな。さァさァ、まあ、どうぞ、おかけ」

繁「ありがとうございます。え、おめでたい……と申したいところでございますが、おうちもどうも大変なことができましてんやナ、ちょっとも存じませんで……。検番も何も知らしてくれんもんやさかいに……、表を通りまして、初めて気がつきましたんで、へえ

……。どうも、お気の毒の、大変なことでございまして……。

いえ、わたくしが来ました以上は、これから、ぜひ一統をば呼び寄せまして、わたくし一手《いって》で、万端お葬式をば、出さしてもらいますが……。で、なんでおますかいな、こちらさんのお寺はんやら、焼場のほうは……」

婆「なにを言うのじゃ、繁八っさん、おまえさんまで同《お》ンなしように……。元日早々からなにが焼場じゃい！」

繁「ご立腹でおそれ入りますけど、表へチャーンと、その道具が一式揃うておりますがな……」

婆「情けないこっちゃけどナ、例の船場の旦那さん、朝からいやがらしで、わたしもホトホト困っておりますのじゃ。船場の旦那さんのなさったことで……」

繁「えーッ、あの村上さんでおますか？　あのお方なら、もうこのくらいのことは、やりかねませんわ。いやァ、おまかしあそばせ、手のひらかえしたようにいたしますから……。ごめん！」

トントントントントントンッ……と、とんで上りまして、つけ込むのは幇間の習いで、

繁「へいッおめでとうございます。古歳はひとかたならぬお引き立てにあずかりまして、ありがとうございます、どうぞ本年も相変わりませず……。

あッ、え、どこの旦那さんでございますか。わたくしも旦那さんに始終、ごひいきになっております南の幇間で繁八と申します。どうぞこれをご縁にお引き立てを……。いや、どなたも、お早いご登城《とじょう》でございます。へ、どなたもご一統に、おめでとうございます……」

旦「繁八！」

繁「へいッ」

旦「誰がお前、ここへ来いちゅうた。誰がお前に知らせた？　え、客が知らせもせん座敷へツカツカツカツカと上って来おって、幇間というものはえらい見識のあったもんやな。えー、上ってくるのはええとして、なんじゃァ、おめでたいおめでたいって、え、何がめでたい？　おまえも商売人なら、むこ先見てモノを言うてもらいたいな。わしァいつもおまえに言うたるはずじゃ。わしは一夜明けたら、遠《とお》ォいところへ行かねばならぬというたるな。わしァきょうは、この可愛い国鶴に別れの盃に来てますのじゃァ。わたしにとってきょうほど悲しい日はないのじゃ。その席へとび込んで来て、一人でめでたいとうれしそうに騒ぎくさって、貴様のようにむこ先の見えん奴は、以後知らさん。いんでくれェ！」

繁「ウワーッ、すんません。しもうた、失敗《しくじ》ったッ」

段梯子をトントントントン……とおりまして、表へシャッと飛んで出た。どこで手回しをしましたか、白無垢《しろむく》を借りまして、額には三角の布を当てまして、道からは頭陀袋《ずだぶくろ》、草履《ぞうり》ばきで、白木の位牌を一本持って、

繁「えー、どうもさきほどは、まことに失礼なことを申し上げまして、どうぞご勘弁を願います。え、繁八も今日《こんにち》から戒名（改名）をいたしまして、繁八改め死《し》に恥《はじ》となります。これはホンのお位牌（お祝い）の印でございます……」

旦「うーむ、なるほど、えらいやっちゃ。ひねはあとからはじけるなァ……。繁八改め死に恥とは面白いぞ。年玉のお礼が、頓死玉《とんしだま》の憂《うれ》いか……。心ばかりの祝いが、心ばかりの位牌か……。いやァ、出来た。よしよし、以後ますますひいきにしてやる。さァ、当座の褒美《ほうび》じゃ、これをとれい！」

繁「いやァ、こらァどうも、ありがたいことで、失敗《しくじ》るかと思いのほか、ご褒美まで……。ああ、こんなめでたいことはないッ」

と、また失敗った。

相撲甚句

えー、相撲甚句のお題を頂きまして〝地ばなし〟(会話は少なく、地の文章で運ぶ)で申し上げます。

まず「名古屋の犬」てんで、

〽尾張名古屋のお城の下で　ヨ
犬が三匹集まって
何かこそこそ話する
そこで赤犬申すには
このごろ名古屋も不景気で
わたしゃお江戸へ稼ぎにゆきまする

次の黒犬申すには
わたしも大坂へゆきまする
そこで白犬申すには
わたしはどこへもゆきませぬ
そりゃまたなぜにときいたなら
世のざれ唄にある通り
伊勢は津でもつ津は伊勢でもつ
尾張名古屋は　エー
シロ（城）でもつ

てんで、ちょうど歌う落語になっております。

落語と相撲というものは、むかしからなかなかご縁のあるもので、相撲に因んだ落語てえのはいくつもございます。

仲間うちが申し上げておりますお馴染では『半分垢』。あまり大きなことをいうなという心学の教えから出たはなしとされております。体の大きな提灯屋の出てくる『花筏』、根問いものでは『千早振る』、ごくごく小さいお相撲さんが主役の『鍬潟』もある。まだありますよ。地ばなしで『阿武松《おうのまつ》』に『稲川』、相撲場のスケッチを漫談風に演じるのが『相撲場風景』で、別名を『凝り相撲』。『蜘蛛駕籠《かご》』なんぞにも、ちょっぴり相撲が出て参ります。

少うしお色気がかかったものに『釈迦ヶ嶽』〈大男の毛〉(第1巻参照)、『妻《さい》投げ』(第3巻参照)てえのもございますんで……。

そうかと思うと、落語家《はなしか》からお相撲さんに……というのはおりませんが、お相撲さんから落語家てえのは別に珍しいことではない。

むかし、明治のはじめに〝お相撲志ん生〟と呼ばれた人がいた。二代目の古今亭志ん生で、体がふとっていて腕力が強い。なんでも若いころ、相撲を志して両国に行ったところ、まかり間違ってこっちのほうへ入ってしまったという。〝人情ばなし〟がうまくって、当時評判の売れッ子だったと申します。

昭和になると、〝村田山の圓窓〟てえのが有名で、あの〝デブの圓生〟(五代目三遊亭圓生)の実の弟が、梅ヶ谷(二代目)の弟子になって、雷《いかずち》部屋で村田山の名で、ハッケヨーイノコッタノコッタとやっていた。

どういう風の吹き回しか、途中で落語のほうに転向して、二三蔵から圓弥、文生、圓左などと芸名をいろいろと替えて、落ちついたのが五代目三遊亭圓窓。だから人呼んで〝村田山の圓窓〟てえわけのもので……。

現役でも、林家源平に、三遊亭歌武蔵が、国技館のほうからの転向組で、源平は二所ノ関部屋、歌武蔵は武蔵川部屋で、歌武蔵なんぞはいまでも大きい。こないだ仕事帰りに、着物で国技館に行ったところ、相撲の親方と間違えられたというくらいにデカい。

というようなわけで、むかしから相撲好きな落語家は多い。落語好きな相撲の親方も多い。そんな人が落語をきいて、そっくり甚句につくり直したのが、いくつもあるんだそうで、大阪相撲で滝ノ海といったお相撲さんが、のち三保ヶ関。ちょうど今から三代前の三保ヶ関親方で、こういう甚句作りの名人だったそうですな。

「名古屋の犬」もそうですし、こんな「花落とし」も、そうだといわれております。

〽色と欲とは誰でも同じ　ヨ
人のせぬことするじゃなし
人のせぬことやるときにゃ
裏と表をそっと締め
音のせぬよに布団敷き
ちょっと見たなら赤いもの
よくよく見たら黒いもの
してみりゃまんざら悪くない

あんまりしすぎてこの苦労
やらなきゃよかった エー
花合わせ ヨ

ちゃんと〝落ち〟がついております。

相撲甚句を、花相撲や地方巡業でご覧になった方はおわかりでしょうが、六、七人のお相撲さんが、化粧まわし姿で、土俵の上にならぶ。

〽富士のヤー白雪 朝日で解ける
娘ヤー島田は アリア情けで解ける

などといった「前唄」から始まり、「アー ドスコイ ドスコイ」と入って、

〽さらばヤーここいらで 歌の節をかえて
いまもヤー変らぬ 相撲取り甚句

と「後唄」が続き、それから「本唄」へと入ってゆきます。「名古屋の犬」とか「花落とし」がその本唄で、次から次へと続いてゆくわけです。

「アー ドスコイ ドスコイ」というはやしことばは、相撲界独自のもので、ほかの民謡にはありません。どこから出たんだろうと調べて参りますと、「どす声」がもとだてえますから面白い。

どす声というのは〝濁った声〟〝凄味をきかせた声〟で、いうなれば〝悪い声〟で〝ひどい声〟。甚句自慢が美声一杯に歌っている傍から、「あー、どす声、どす声」とはやすのは、「あー、ひどい声だ。その声じゃァ味噌もくさるぜ」と、からかっていることになります。「あー、いい声、いい声」とほめるより、むしろ「ひどい声、ひどい声」と、からかうほうが、いかにもお相撲さんらしい大らかさがあり、見ていて（きいていて）もたのしい。そんなところから、自然に発生した、はやしことばとされております。

本職のお相撲さんの歌う甚句は、花相撲や地方巡業の折の、アトラクションとして見ることが出来ます。六、七人の化粧まわし姿の力士が土俵の上を丸く囲み、前唄、後唄、本唄と、手拍子、足拍子よろしく、左へ左へと回って動きます。

この手拍子、足拍子は、相撲の〝攻めの型〟〝防ぎの型〟が加味されて、リズミカルな動きになっております。ですからむかしは「甚句」といわず「型」といったと申します。

いま、この相撲甚句は、あちこちで大はやりで、「なんとか相撲甚句会」というのがずい分あるようで、歌うのをきいておりますと、みんな直立不動で、ちょうど東海林《しょうじ》太郎のようにつっ立ったままで歌っております。こういうところがプロとアマの違いかなァと、感心したりあきれたり……あきれてはいけません。

こういう本だから、ちょいとお色気の甚句はないかというのがご注文で、あと二つ、三つで失礼させて頂きますが、本当は〝歌って〟ご披露してるんですよ。活字の上ではいい声がきこえないから残念です。

「昨夜の地震」という甚句で、

〽親子三人お寝間が一つ　ヨ

夜の夜中となったなら

可愛いやボンチが目を覚し

トトさん怖いよやれ怖い

カカさん今のは何じゃいな

それは地震じゃないかいな

だましすかして寝かしおき

朝のご飯となったなら

そのまた坊やのいうことにゃ

トトさん顔見りゃわしゃおかし

カカさんの顔見りゃわしゃおかし

そりゃまたなぜかと問うたなら

ゆうべの地震が

今朝ママ食べる　ヨ
これなんぞ、落語そのままでございます。
「神仏」といった甚句もございます。
〽あなたと添いたさに
わしゃ神仏に頼む　ヨ
一に伊勢の大神宮
二に日光東照宮
三に讃岐の金比羅さん
四は信濃の善光寺
五つ出雲の大社《おおやしろ》
六つ村々鎮守さま
七つ成田の不動さん
八つ八幡の八幡宮
九つ高野の弘法さん
十で豊川お稲荷さん
十一馬頭の観世音

十二に霧島弁財天《べざいてん》
これほどこまごま願うても
それでも添えないその時は
裁判所へと訴えて
お上のご威光で
添いとげる　ヨ

こちらは数合わせで、わりとポピュラーな甚句となっております。では新作を一つ。

「和田平助」という題で、

〽むかしむかしは
お江戸のころに　ヨ
和田平助なるサムライに
茶屋の娘が惚れました
三月四月《みつつよつつ》で早や十月《とつき》
娘しみじみいうことにゃ
宵のうちからタチツテト
夜はあくせくサシスセソ

やさしいくせしてカキクケコ
ほんにおまえはナニヌネノ
平助笑っていうことにゃ
わしの名前をようごらん
名前逆さに読むならば
「助平だわ」となるわいな　ヨ
落語のほうではこういうのを〝考えオチ〟と申しますんで……。
こうした「本唄」のあと、
〽人の女房と枯木の枝は
のぼりつめたら末恐ろしや
親子は一世で　夫婦は二世で
主従は三世で　間男《まおとこ》ァヨセヨセ
と、「囃子唄」が入って、土俵の甚句は終ります。終り、オワリ、尾張なら、
〽尾張名古屋のお城の下で　ヨ……
またもとに戻っちゃう……。

艶笑落語名作選　解説

数取り

『数取り』は、質屋の娘が事件を起こして尼となったというのもあるが、やはり大名のお姫さまが、失恋のあげく仏門に入ったというほうがロマンチックでよい。

この一席は、かつて先代三遊亭金馬師と、作家の正岡容《いるる》氏があるとき、杯を交わしながら、バレばなしをあれこれと拾い集めたとき、金馬師が語ったのを正岡氏がメモをしておいたものによった。原典は安永二年（一七七三）の小咄本『今歳花時《ことしはなし》』にあり、旅の比丘尼を犯す。

嵐民弥

主人公の名をとって東京では『嵐民弥』というが、上方では『尾上多見江』となる。『いいえ』は東西共通。これはその東京流の演出。もともと上方ネタで、多見江は江戸末期から明治へかけてのころ、関西劇壇に重きをなした尾上多見蔵門下という想定らしい。むかしの女形は、芸道修業の意味から常に女装していた。もっともこの主人公は、芸道もさることながら色道の修業もかなりのものだったらしい。

なにせ〝前とうしろの両刀使い〟であり、三者三様の色模様を演じわけるにはかなりの芸の年輪と演技力が要求される。それだけに実演の艶っぽさは、活字に数倍する。『嵐民弥』か『尾上多見江』か『いいえ』か、どれが本題かは演者の解釈により違う。

故郷へ錦

東西で演じられる大もの艶笑落語の一つ。

現在行なわれている演出は、倅《せがれ》が母親に惚れてこの展開となるが、安永四年（一七七五）刊の上方本『軽口開談儀《ぼぼ》』の中にある「倭の米買人」という原典によると、母が倅に惚れる母子相姦という物すごいテーマをあつかっている。

簡単に紹介すると、浪花の西辺に、生渡屋藤七という俄か成金がいて、弟と母の三人で店をきり回していた。冬もすぎて春になるころ、母親の気分がすぐれず物思いの様子に、藤七は心配して人を介してきいてみると、わが子の藤七にふと執着の念が起こってどうしようもない。それで物思いに沈んでいるのだと、苦しい息の下から告白する。これには藤七も驚いたが、親孝行のためならば

"畜生道"をあえて決意、ひそかに出会う。屛風を引きまわした中の寝間に母親がいる。藤七ソロソロと着物をぬぐと、北浜の旦那衆から人気関取の千田川に贈ったような見事な織物の褌《まわし》をしている。

「やれ、藤七、つねづね物事には始末しているお前が、どうしてそのような下帯《したおび》を?」「はい、これは、今日のためにこしらえました」「それは、また、なぜに?」「はー、故郷へは錦かざれでございます」

となる。

〝故郷へ錦〟は、故郷を出て、よその土地で出世してまた故郷へ帰ってくること。出世は錦、つまり出世しないで故郷へ帰るなということわざである。この場合の〝故郷〟は自分の生まれ故郷である母親の下口を意味する。

江戸時代にもしこの一席が口演されていたとしたら、当然東西で〝原典通り〟であったろうと考え、ここでは母が倅《せがれ》に惚れる展開にした。

クイ違い

男性自身のことを、芸界符牒で〝ロセン〟という。舟の櫓《ろ》の〝櫓栓〟に似ているからという説、ツユの泉だから〝露泉〟だという説をめぐって、むかし雑誌で論争した人がいたが、結論は出ていない。

この一席、〝巨根信仰〟をズバリ現わしたもので、余分な説明はいらない。もう少しスケールのデカいのに『揚子江』（1巻参照）がある。

紀州飛脚

上方の大長老だった橘ノ圓都師によって残された〝いかにも上方らしいバレ〟の大もの。圓都師によると、むかし……五十年ほど前に笑福亭松馬（三代目松鶴の弟子）が、お座敷で演じたのをきいて覚えていたという。ダイナミックで〝動く漫画〟のおかしさがあるので、現在も露乃五郎師はじめ、二、三人により伝承されている。

喜六が駆け出すところで、「韋駄天《いだてん》」という鳴りものが入り、ロセンの揺れを表現するために、扇子をつまんで左右に大きく振る。ラストの女性の道具に化けた狐の口が、横ではおかしいとタテにする。ポカンと口をあけて仰向いた表情から、プイッと首を横にねじるなど、〝見せる〟要素が強い。

性器のナマの表現はさけるのが、艶笑もののルールであるが、圓都師は〝於女子《おめこ》〟と使っている。この場合、この表現しかないと語っていたが、五郎師は〝下ロ〟で演る。サゲに「アゴが外れた」と使う人もあるが、圓都師は「死ぬ、死ぬ」で演っていた。

東京で一度、先代三遊亭円歌師のものをきいたことがあるが、これはどういうルートからなのか、きくのを忘れて残念なことをした。

菊重ね

別名を『なめる』。三遊亭圓生師はこの別題で演っていた。圓生師のは〝品川の圓蔵〟(四代目橘家圓蔵)からの伝承という。

むかしは娘のデキものが、乳ではなく、もっと下のほうにあったという演出もあったらしいが、これでは〝バレ〟というより〝グロ〟になるので、このスタイルにかわった。

ラストに「宝丹」が出てくるが、このくすり屋は上野池之端に現在もあり、〝なめる茶色の健康薬〟としてひろく江戸で知られた。近くに寄席も多かったところから、主人が宣伝にこの落語を利用したとも考えられる。とすると、江戸の〝CM落語〟第一号という見方もできる。

『菊重ね』の〝菊〟は、音羽屋(尾上菊五郎)から出ている。根っからの江戸落語とわかる。

長持

前半の喧嘩の報告から切手までのくだりを『喧嘩の仲裁』という題で、上方の初代春団治師がオハコとし、レコード（SP）にも入れている。しかし、興味と盛り上がりは後半にある。

東京では八代目桂文治師が〝秘中の秘〟のお家芸とし、ときにお座敷で演じたことがあり、ある雑誌社が「ぜひ速記をとりたい」と依頼したが、文治師は「発売禁止になりますから……」と、体《てい》よく断わったという話がある。

長持の中から二人の男が、座敷の色模様をのぞくあたりが、このはなしのヤマ場で、下手《へた》に演じるといやらしさだけが目立つ。

別な演出では、若旦那とお嬢さんが逃げ出してから、熊と八は長持をかつぎ出す。頭《かしら》が「あァあァ、折角の若旦那のご縁談も、これで長持ちはしねえぞ」というと、「へえ、長持は、あそこにありますよ」となるが、ここでは先代文治流をとった。

長持はいまはほとんど見ることはないが、衣服、調度などを入れておいた長方形の蓋《ふた》のある箱で、嫁入り道具の一つだったから、むかしの中流以上の家には一つや二つはかならずあったもので、二人なら楽に入れた。

大名道具

この原話は、前後して出た江戸小咄本『豆談語』（安永三年）と、大坂小咄本『軽口開談儀』（安化けものが出るというので、殿さまが家来どもを連れて退治にゆくが、あべこべに殿はじめ供回りの者まで一様に〝男性自身〟を抜かれてしまう。驚いた殿は山伏を呼んで、七日間の祈禱をあげると、あーら不思議、満願の朝、全員のモノが戻ってくる。殿さまは役得にことよせて、いの一番に特大を取って自分の前へ取りつける。本当はいちばん見すぼらしいのが殿さまの持ちモノなのだ。さて、奥方はきつい喜びようで、殿さまも連日連夜せっせと相つとめる。ところが三日目に槍持ちが腎虚《じんきょ》になったというのが、『豆談語』の作品である。題は、「化けもの」。

つまり、殿さまが取ってつけたのが、実は家中一番の槍持ちのモノだったというSF仕立ての伏線が痛快だ。

一方、『軽口開談儀』のほうは、「大名の御道具紛失」と題し、江戸は両国橋あたりの、さる大名屋敷に、浜崎大明神といって年老いた女狐をまつる祠《ほこら》があった。この狐が懐妊して、穴の中で身もだえているところへ、掃除役の奴《やっこ》が来て、水を打ち込んでその穴をふさいでしまう。怒った明神は、たちまち殿さまはじめ、家中一同のヘノコを取りあげる。あくる朝、みんな浮かぬ顔をして集まり、「貴殿もか？」「お主もか？」「おまえもか？」とえらい騒ぎ。そこで、明神の前で神楽を奏し、一同熱心に拝むと、明神も機嫌をとり直し、ヘノコのつまった俵をほうり投げる。そ知らぬ顔で、まず殿さまが、いちばん立派なのを取って付ける。実はこれは逸品自慢のお側役人（近侍）の番内のモノ。当の番内は、仕方なしに最後にのこった子供みたいなのをつける。これが殿さまのお道具……。

永四年）の中にある。

さて、その晩、殿さまは奥方を攻めに攻める。奥方がよがるのにひきかえ殿さまは一向に感じない。「さて、これは合点のゆかぬこと」と、次の間を見ると、お側役人の番内が、汗水たらしてモウゾウという一篇である。

この場合のモウゾウは「妄想」と書く。殿さまの大熱演に応じて、番内がいまやまさにオルガスムスの寸前という光景を想像すればよい。

二作とも、まさにすさまじいばかりの豪快なバレ。こんな素晴らしいはなしを、高座の人が放っておくわけがない。きっとむかしは演じられたに違いないと調べてみたが、口演の記録はトンと見当たらない。掘り起こして活字にとどめるべきであろうという解釈から、能見正比古氏と二人でアレンジ、艶笑落語としてまずまずの作品にまとめあげた。

当代鈴々舎馬風師によって上演の機会を得て、あちこちで上演、キングレコードからCDとカセットにより発売されている。「風流艶くらべ」五セットのうち「艶笑新古典落語」。

道鏡

こういうのを〝地ばなし〟という。

川柳が、実にたくみに活用されているから〝川柳ばなし〟といういい方も出来そうである。

弓削道鏡（?―七七二）は女帝の孝謙天皇（第四十六代の天皇）の寵愛を得て、逆心を起こしたが和気清麻呂に阻まれ、下野国薬師寺の別当になるが、三年の後配所で死んだという歴史上の人物だが、むしろ比類ない逸物の持ち主だったという俗説のほうが庶民的にはおなじみで〝穴のあいてない〟という小野小町、〝一生に一度しかシなかった〟という武蔵坊弁慶とともに、川柳や小咄の好材料にされている。

道鏡の巨根はむろん生まれつきであろうが、途中からなったという説もある。青年時代に如意輪経を勉強したが、その中にこの経文を信仰すれば、末は大臣《おとど》とあるのを見て発奮、以来数年人里離れた山の中にこもる。修業を積み、結願を迎えて山を下りたが、一介の田舎坊主にかわりはない。「如意輪経め、いい加減をぬかしおる！」と、その経文を雨中に叩きつけて小便をひっかけた。天罰てきめん、どこにいたのか一匹の青蛙がとびついて、一物にいやというほど食いついた。見る見る腫れ上がって、遂に松の根のようになってしまったのだという。

モノがモノだけに、戦時中までは絶対に日の目を見ることなかった〝秘中の秘〟の落語であった。大阪の露乃五郎師が伝えている。

かすがい

「かわらけはさっぱりした片輪なり」という川柳もあるように、かわらけは無毛症をいう。釉《うわぐすり》をかけぬ素焼の陶器である土器《かわらけ》の、すべすべした感触がなるほど似ている。

また「十六の春からひえを蒔《ま》いたよう」とか、「はえぬのを十六、七で苦労する」という句からもわかるように、体格も栄養も現代とは比較にならぬむかし（数え年）の十五歳ではまだ生えていないのも無理はない。

そのどちらかはこの落語の場合、さほど問題ではない。焼き接ぎ屋のカタコト日本語が、きいていてすごくおかしい。声を出して読んでみるべき一編である。焼き接ぎ屋の出てくる落語は珍しく、『両国八景』（バレではない）とこれくらいしかない。

かつぶし屋

鰹節は、正しくは〝かつおぶし〟であるが、江戸ッ子は〝かつぶし〟と発音する。

前半の製造法は、専門家にきいてみたがその通りだという。さりげないおしゃべりの中から、昔の寄席の客は、こんな〝浮世学問〟を学んだのである。落語家も納得のゆくまで調べて、芸の中へ消化したことを物語る。笑わせる商売でありながら、芸以外のことで笑われるのは、やはり恥としたのだろう。全体に絵になる落語である。

なお〝ろうそく屋〟も細い竹の棒に、溶かしたロウを塗りつけ、平手でしごきながらろうそく作りをした。そのため男の手淫の隠語を「ろうそく屋」といった。「こすりこすり太くしているろうそく屋」の川柳もある。

魚の狂句

いかにも上方らしい、おおらかな色気がある。

大坂（明治以前は大坂と書き〝おおざか〟と読み、以降は大阪で〝おおさか〟）の色町がいろいろ出てくるが、その格式の高さ低さが、魚を例にとってよく生かされている。一番高級の新町が鯛、二番目の北の新地が鯉、つづいて南が鰹、島の内が鰈《かれい》、堀江が鮒と諸子《もろこ》、もっとも大衆的な松島が鯔《ぼら》となっている。

三軒長屋

三遊亭圓生師との対談の中にある、第一次落語研究会のメンバーが鶴見の花月園に遊んだおり、三代目柳家小さん師が、座興で演じてみせて喝采を浴びたという『三軒長屋』がこれである。『三軒長屋』というと故古今亭志ん生師が売りものにした長編（別名を「楠運平」）を思い出すが、むしろこちらのほうが本家の『三軒長屋』である。

別名を「お手々ないない」。

まくら丁稚《でっち》

上方ダネには、丁稚が主役になる噺が多い。サゲに〝麻羅《まら》〟という、男性自身の名をズバリ出しているが、このような例は数あるバレの中にもほとんどない。ナマの表現をおさえるのが、この種の落語のエチケット(?)であるからだ。『紀州飛脚』の中に〝於女子〟というのが出るが、こちらは別にサゲではない。

『まくら丁稚』の場合、文字が一字ぬけていることによるおかしさだから、どうしてもこれ以外は考えられない。特例だけに稀少価値がある。

羽根つき丁稚

上方の丁稚ものの一つ。勘違いのおかしさが、不思議なお色気をかもし出す。

〝突く〟というのは、羽子板を突かせるのと、強引に突込まれたの勘違い。〝とまる〟は屋根の樋にひっかかったのと、月のものがとまったのと勘違い。〝おろす〟はひっかかった羽根をおろしたのと、堕胎《だたい》の勘違い。

風呂屋

大正時代に〝爆笑落語〟で売った初代柳家三語楼師の作と伝えられている。最後までサゲを感じさせないし、それがまた〝考え落ち〟となっているから、演じ終えたあともしばらく笑いが漂ったという。この種のサゲには、『鈴ふり』（3巻・参照）、それに『疝気の虫』などがある。

『疝気の虫』はこの本にはないが、元気なころの志ん生師が、「別荘だ！」と飛び上がるようにして下りたあと、いつまでも客席に思い出し笑いがのこり、あとの芸人が立往生したことがある。

かみなりの弁当

本来は小咄であるが、キチッと一席ものにまとまっている。前半は『道鏡』と同じように〝川柳ばなし〟ともいえる地ばなしで運び、後半ガラッとやわらかくなる。

小咄（後半の部）としては今もよく演じられているが、この演出は、上方の橘ノ圓都師のもの。東京では桂小南師が演じていたが、やはり圓都ゆずりである。

間男の松茸

亭主が階下にいるのに、二階へ間男を引っぱり込むというのは、『茶漬け間男』（3巻・参照）と同じ。体に墨をぬって忍び込むのは、天狗のカクレミノの灰をぬって女のもとへゆく『宙のり』（1巻・参照）と同趣向。

親父に気付かれて、男は屋根へ出て、戸袋へ背中を張りつけているのを、通りかかった男たちが「おう、あんなとこに、松茸が出てらァ」というのは、女の穴へ侵入し、急いで抜いたその部分だけが、墨がはがれているわけで、そこが漫画的でおもしろい。

通行人が歌う〝投げ節〟は江戸初期の流行歌の一つで、廓には欠かせない歌であった。

疝気の遊び

吉原へ町内の若い衆が総初会でくり込む噺は、『錦の袈裟』がそうだし、『突き落とし』も『あわもち』もそうである。この三編（『錦の袈裟』『突き落とし』『あわもち』）は、ともに〝禁演落語〟の中に入っているが、『疝気の遊び』は入っていない。戦時中すでに演る人が少なくなっていたので、あえて〝禁演落語〟に加える必要もなかったのかもしれない。

吉原での遊びのノーハウをこれだけ詳しくしゃべっているのも珍らしい。

疝気というのは漢方でいう、大腸小腸、腰などの痛む病気で、一般の人たちは下腹部の痛みをみんな疝気と考えた。大金玉もつまり疝気のせいなのであった。疝気になるのは体内に虫がいて、あちこちの筋を引っぱるからだという珍学説から『疝気の虫』という一席も生まれている。

サゲの〝タヌキ〟は、タヌキの金玉八畳敷きと、タヌキ寝入りにかけてある。

金玉のでっかい男の出てくるのに『やげん』がある。屑屋を呼びとめ「その籠ン中のヤカンと、俺の金玉とどっちが大きいか、くらべようじゃねえか。もし俺のほうが大きかったら、タダで置いてけ」「旦那、冗談いっちゃァいけねえ。このヤカンより大きな金玉なんて、あるわけァない」と、くらべてみると金玉のほうが大きいので、ヤカンを取られてしまう。かみさんが湯から戻って来て、屑屋を気の毒がり大声で呼びとめると、屑屋が「いけねえ、こんだヤゲンを取られる」という噺である。薬研は漢方薬を細粉にするときに使う舟形で深い金属性の器具で、女性の道具に似ている。

面白い噺だが、『大根売り』（1巻・参照）と同じ趣向だし、また大金玉がこの『疝気の遊び』にも『にせ金』にも付くので、古今亭志ん好師よりテープを頂いたが、あえて割愛した。

与兵衛の張形

張形はバレばなしの中の、小道具の王様である。『甚五郎作』『忠臣蔵』（1巻参照）などにも出てくる。

彫刻の名人が人気役者のモノを原寸大に仕上げ、名前を彫り込んで売り出したのだから、若い女性が生唾をのむのも無理はない。今も人気タレントの陰毛を求める場所として楽屋風呂が利用されるという話をきくが、この噺の与兵衛は、風呂焚きをしながら、全部の役者のを見ているというところに、グッと迫真力がある。

熊の皮

『熊の皮』はごく普通の長屋ものとして、いまも高座で演じられている。

少し足りない亭主が、女房にいわれて、医師のところへ、おこわの礼にゆき、熊の皮を敷皮だ、尻の下に敷くもんだといわれて、「あっ、女房がよろしく申しました」という演出だから、何のさしさわりもない。

「このはなし、もとはもう少しエロっぽかったね、こんな風だったよ」と、志ん好師がテープに入れてくれた。

熊の皮は毛深い。そこをさすっているうちに、鉄砲の穴をさぐり、そこへ指二本を入れてみる。はじめて「あっ、女房がよろしく申しました」とサゲる。女房はよほど毛深いだろうという連想を、客は持って下卑《げび》た笑いとなる。原話は安永二年江戸板「聞上手」の中の「熊革」。

本当の『熊の皮』はこちらのほうである。

秋葉ッ原

『秋葉ッ原』は、上方では『猪飼野《いかいの》』の題で演じられている。

夜鷹は川岸の石垣の間、土蔵の間、材木の間、寺の境内などを利用したもので、大坂あたりでは田圃や川原のふちに、むしろ小屋をつくっていたという。女は夜空の月や星を見ながら営業したわけだ。

江戸時代のセックス処理場は、遊廓から岡場所、そしてこうした〝星空営業〟の街娼まで、ピンからキリまであった。遊廓という幕府公認の遊び場は、江戸で吉原、大坂で新町、京で島原と数は多くない。それ以外の場所はすべて岡場所と呼ばれた。

江戸では新宿、品川、板橋、千住を〝四宿《ししゅく》〟と呼び、吉原に似た遊廓組織があったが、公に許されたものではないので、女郎も〝飯盛女〟という名義で営業していた。吉原は大名、武家、商人、風流人という上等の客が中心だったのにくらべ、こういうところは職人、旅人、百姓など庶民性がある。千住（コツといった）はもっとも吉原に近く、「吉原の金を、ここで二度に使ったほうが得」という経済的な理由の客も多かった。

四宿からもう一つ格落ちの岡場所は、江戸市中いたるところにあり、谷中、よし町、霊岸島、新地、一ツ目、三十三間堂、市ヶ谷、佃島、根津、亀沢町、赤羽、三田、田町……とひろってゆくと、安永から天保にかけての頃に関するかぎりでも、江戸城を中心とする武家屋敷のあるところ以外の各地に点在していた。そして、最低の売春婦である夜鷹の出没する場所として、この落語のマクラにもある地名が現われる。

いま「秋葉原」という駅がJR総武線にあるが、むかしは「あきばはら」と読み、いまは「あきはばら」と読む。

けんげしゃ茶屋

〝けんげしゃ〟は、東京でいう〝かつぎ屋〟、つまり縁起をかつぐ人のこと。別名を『かつぎ屋』あるいは『国鶴《くにづる》』という。

バレの要素は少ないが、徹底した〝遊び〟の落語で、『魚の狂句』ともかかわりを持つ。ただでさえ縁起をかつぐお妾の家に、正月早々縁起でもないことばかりを持ち込んで、一人で愉悦《ゆえつ》に浸る男はいやな奴だが、これでもかこれでもかとここまで徹底すると、それが笑いにかわる。考えてみると随分金のかかった遊びということになる。

花街にかかるところの下座唄「十二月《つき》」は、元旦から大晦日までの、花柳界の年中行事を詠み込んだもので、芝居の『夕霧伊左衛門』の幕開きなどにも用いられる代表的な上方唄である。これはその「正月」だけであるが、よく鑑賞するとわかるように、「正月になって年を重ねた客は、アチラのほうもすっかり弱くなって、女の門口で頭を下げてしまう」といった好色趣味の歌詞になっている。

この一席は、むずかしい大ものなので、橘ノ圓都師をわずらわせ、圓都師もしばらく演ってないからとのことで、同席した林家染語楼師に、速記した原稿の校正を依頼するというほどの神経を使った。小さいことであるが、「旦那《だん》さん」が少し改まると「旦那《だんな》はん」になる。旧年のことを「古歳」と書くが、「ふるとし」ではなく「ふゆとし」となまる。「死人」も「しびと」ではなく「しぶと」と発音する。また「顔へ稲妻をさす」とか、「ひねはあとからはじける」など、上方でも色街特有の、しかも古い言葉を大事にした……など、染語楼師の苦労もなかなかのものであった。

この一席が将来語りつがれてゆくとしたら、この速記は極めて重要な意味を持つことだろう。

相撲甚句

この文庫にはふさわしくないかという、一片の危惧を持ちながら、書き足した一席。〝地ばなし〟

というより、はなしの〝マクラ〟に使う漫談といったほうがよい。甚句のところは歌になっているから、〝歌うマクラばなし〟かもしれない。

相撲甚句の特徴というか魅力というか、三味線とか太鼓といった伴奏楽器がないので、歌詞がストレートで耳に届く。感動や笑いもすべて歌詞による。

『名古屋の犬』『花落とし』『昨夜の地震』は、落語をそのまま歌詞にしたようで、サゲもあざやかだ。みな古典の部に属する。『神仏』も明治の作。『和田平助』だけは新作（小島貞二・作）を加えた。

相撲甚句の由来はいろいろにいわれているが、江戸のむかし、雷電為右衛門を擁した松江藩抱えの力士を中心とした巡業で、よく「甚句」と「曲《きょく》相撲」を演じ、これが人気になった。松江藩は海軍を重視し、相撲を奨励した。相撲取甚句（むかしはこう呼んだ）は水兵たちの必須科目のようであった。曲相撲はコミカルな攻防で、のちの「初《しょ》ッ切《き》り」の原流とされる。

幕末のころには、相撲のどの一行（むかしは部屋とか一行ごとに、巡業を別にした）でも、アトラクションに甚句と初ッ切りを加えるようになる。地方出身力士が、出身地の民謡などの中から、歌詞を流用して、「前唄」をふくらませて行った。

幕末から明治のころまで、「相撲甚句」というと、お座敷で相撲取りが歌い踊る二上がり甚句のほうをいい、今日でいう「相撲甚句」は、土俵上のもので、手拍子足拍子で、相撲の攻防の型を見せるところから、「型」と呼ばれた。現在お座敷用の甚句は、本当にお座敷だけのものとなり、型が甚句の正調となっているわけだ。

この「相撲甚句」と、民謡「名古屋甚句」の深い関係も無視出来ない。

明治六（一八七三）年に相撲界に〝高砂事件〟というのが起こる。会所（相撲協会の前身）に改革を迫り、除名になった高砂浦五郎（一八三八―一九〇〇）が、同士と共に名古屋に籠り、「高砂改正組」を作り、ここで数年を過す。

その折、力士の声自慢が甚句を歌い、〝芸どころ〟名古屋だけに、芸者が三味線を入れて「名古屋甚句」を作り出した。

だから、相撲甚句と名古屋甚句は、歌詞も節もよく似ていて、兄弟のようだ。二つの甚句は「名古屋甚句」が先という人もいるが、はっきりと「相撲甚句」のほうが母体である。

数多い甚句の中から、艶っぽいのを選んでみた。甚句の名手森ノ里（もと高砂部屋）が、この種の甚句を歌っているカセット（CD）がキングレコードから出ている。「風流艶くらべ」のうち「艶色相撲甚句」である。ご参考になれば……。

圓生艶談

三遊亭圓生

きき手　小島貞二

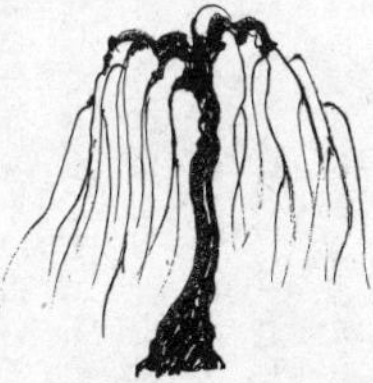

《昭和四十八年十二月二十四日　圓生宅にて》

艶笑落語の多難時代

小島　〝艶笑落語〟って言葉は戦後になってよく耳にするようになりました。昔はどうでしたか？

圓生　そうですね、昔はあまり言わないですよね。

小島　昔はなんて言ってましたか？

圓生　やはり〝バレ〟と言ってたんでしょうね。バレということは、句のほうでもバレと言ってるんですよね。

小島　川柳に〝破礼句《ばれく》〟というのがありますね。

圓生　有名なのは川柳の『末摘花《すえつむはな》』。あれなぞは芸術品ですね。

小島　つまり落語の短いのは小咄、小咄の短いのが川柳になります。〝町内で知らぬは亭主ばかりなり〟は『紙入れ』の世界、〝馬鹿らしゅうアリンス国の面白さ〟はそのまま廓ばなしですね。

圓生　昔からバレの黄表紙本なぞもいくらでもある。だけど、どれを見ても大同小異で、たいしたものアありませんが、でもね、平賀源内の書いた『長枕褥合戦《ながまくらしとねがっせん》』っていう浄瑠璃の丸本は、さすがにどうも大変なもんですねえ。道行から何から全部丸本に書いてあるんです。ありゃァたいしたもんですね。それから『藐姑射秘言《はこやのひめごと》』っていうのがありましょう、あれなぞはやはり淫書の中ではすぐれたもんでしょうねえ。まァ、『長枕褥合戦』と『藐姑射秘言』ぐらいなもんで、あとはあまりたいしたものはないですよ。

小島　そういうのは艶笑落語をやる場合にご参考になりますか？

圓生　ええ、参考にはなりますけども、まア材料になるてえのは川柳の『末摘花』でしょう。
小島　マクラでずいぶん使ってますね。
圓生　使ってますね。あんまり露骨なんで使えないものもあるんだけども……（笑）。
小島　まア、実際の使い方はこの本でも随分出ています。応用問題はそちらにゆずるとして、さて、いわゆる〝バレばなし〟というのは、昔……師匠の若い頃は、盛んにおやりになったんでしょうか？
圓生　さあ、あまりやりませんね。今の時代と違ってもっとずっとやかましかったから。
小島　取締りがうるさかったんですか？
圓生　ええ、まあね。それに、ワイセツがかったことっていうのは、使い方もあるでしょうけれどもね、やっぱりこういうものは非常にむずかしいもので、変にどぎつく聞こえる人と、どぎつく聞こえない人とある。
小島　なるほど……。
圓生　つまりそこが喋り方ですね。文字のうえで表わせばおんなしことなんだけども、甲が言えば少しもいやらしく聞こえず、乙がやるてえと非常にどぎつく聞こえる。戦後、アメリカから来て放送を監視してたときがあったでしょ。うるさくてね。
小島　ええ、落語もすべて台本を出せとか言った時代がありましたね。
圓生　その頃、NHKでね、女の器量からちゃんと言って、乳房の大きい女の子が子供をおぶってて乳を飲ませる噺があるんですよ。その打ち合わせのとき「オッパイをおあがり」っていうとこは、師匠、抜いていただきたい、と言う。ほう、どういうわけです？　と言ったらワイセツだから。子供にオッパイを飲ませるのはワイセツに入るのかね、と言ったら、いいえ、そうじゃないんですけども、痴楽さん（柳亭痴楽）がやりますと、そこのところは大変にワイセツになる。

小島　なるほど、痴楽さんとか、歌笑さん（三遊亭歌笑）は、大きなミルクタンクをどっこいしょと自分の背中へかつぎあげる……（笑）。

圓生　おおよそ赤ん坊に母親が乳を飲ませるてえことをワイセツだと言えば、夫婦ってえものはいったい何をするのか、ということになる。そう考えてゆきゃァ全部のことが全部ワイセツということになり、そして噺はもうあたまから否定されて何も言えないことになる。だめだと言ったら、向こうでも弱ってやァがる。痴楽さんがやるとワイセツに聞こえると言ってね。じゃ、あたしがやるから、ワイセツか、ワイセツでないか聞いてごらんなさい、と言ってやったんですよ。そしたら、あれならなんでもございませんと、こう言う。当たり前だ、赤ん坊に母親が乳を飲ませるのがなんでワイセツなんだ、変にねちねちして言うから「オッパイをおあがり」っていうところがワイセツに聞こえる。

小島　その演題は何ですか？

圓生　いえ、マクラですよ。

小島　戦後でなくてもっと前の時代はどうでした？　大阪の春団治さん（初代・桂春団治）なんぞ、高座でも随分大胆にやって、「中止」を掛けられたことが多かったそうですが……。

圓生　円右師匠（初代・三遊亭円右）が、『城木屋』で中止って言われた場合がある。「豆泥棒に来ました」ってところが引っかかって、「豆泥棒とは何じゃッ」と怒られた。

小島　へえーッ、寄席でですか？

圓生　ええ。豆泥棒だけでいけないんです、その頃は。おさんが味噌豆で、乳母《おんば》さんが刀豆《なたまめ》で……。

小島　豆づくしですな。

圓生　そこんとこで「中止！」って言われた。

そしたら円右師匠が「こな不忠者め」って言ってサゲて、すうっと止めちゃった。その機知のあることに感心したね。つまり噺の関連にはならないけども、とっさの場合にサゲをちゃんとつけて降りた。

小島　そういうのはもちろん用意したもんじゃないでしょうね。

圓生　用意したもんじゃない。頭にひらめくもんなんです。こういうことは教えて教えられないもんでね、その人の機知による。

小島　当然、大正時代でしょうね。

圓生　もっと前の、明治時代でしょう。

小島　きたない噺はどうでした?

圓生　まア、だいたい、きたない噺ってえものは本来いけないことなんですけども、『勘定板』とか『粟餅の女郎買い』というようなきたないものを出す場合には、なるべくきたない言葉を使ってはいけないというのが原則。これは

圓朝師(名人とうたわれた三遊亭圓朝)の教えですね。

あたしも新喜楽(築地の料亭)で『勘定板』をやってくれと言われたことがあるんですよ。これはお座敷ではできない噺だからお断わりいたします、と言ったら、お客さまからのお望みなんだからやってくださいと……。じゃァ、ようござんす、あたしがお客さまに言うからと。そのお客さまは、寄席へ来てあたしの噺をよく聞いてるんですよ。ぜひ『勘定板』をやってくれ、とおっしゃる。これはお座敷でやるお噺ではございませんから、なんかほかのもので、と言ったら、いや、きみの『勘定板』が好きなんだ。でも、あれはきたない噺ですから。きたない噺だっていいじゃないか。でも、お座敷でお酒を召しあがってるときにやる噺じゃございません。いや、ぼくが好きなんだからやってくれと。そう言われればしょうがない、向こうがカ

ネを出すんだから。じゃ、やりましょう、とやったんですけども、なるべくきたなくないようにやるのは実に骨が折れる。あれはただ言葉のギャグだけでもって両方の思い違いを表わす、それがおかしいわけなんですね。その次にまた新喜楽へ呼ばれて行ったら、また『勘定板』をやってくれという。弱っちゃってね。

小島　ウンコの噺で酒がうまいんですかねえ（笑）。

圓生　なまじワイセツなことより、ああいうのは罪がなくって聞いてておもしろいと、こう言う。お座敷なんかでやりますとね、やるほうは骨が折れる。だからそういうものをどぎつくやることのいいか悪いかっていうことになると、本来、艶笑落語というものは、いやらしくなく、つまり漫画的にやらなくちゃいけないんじゃないかな、生々しくやっちゃいけない。

二つの演出法

小島　圓朝が「下《しも》がかった噺はつつしんで、勧懲《かんちょう》を旨《むね》とするよう」と、落語の浄化運動を始めたのは明治十一年頃でした。だからこれを裏返すと、圓朝以前はかなり下《しも》がかった噺がまかり通っていたのではないかと思うんですが、いかがでしょう？

圓生　それはあったでしょうね。やらない人はやらないし、やる人は限界を少々越すようなものもあったかもしれない。けども、よくものを見定めてくれれば、どっちに傾いちゃってもいけないわけですよ。

小島　明治時代は、たとえば『橋弁慶』やなんかでも、ラストのオカマを掘るところまでやったそうですけれども、お聞きになったご記憶はありませんか？

圓生　さァね……。

小島　まあ、寄席という公開の席は一応別にして、バレ噺というとどうしてもお座敷になるでしょう。いっぱい飲みながらの小人数の客を前にしてのバレ噺は、江戸から明治にかけての頃はもうすっかり完成し、そして盛んだったと思います。さっきの『勘定板』じゃァありませんが、師匠がそういう席で、そういう噺を注文された場合、どういう風に演じますか?

圓生　あたしは、そういうのはあんまりやりませんね。まあ結局、やらなければならないというような場合になって、やったところで小咄をひとつぐらいな程度ですね。『鈴ふり』なんてえ噺も以前はやったんですが、今はやりません。志ん生（五代目・古今亭志ん生）なんか、かまわずやってましたがね。

小島　正蔵さん（八代目・林家正蔵、のち林家彦六）なんか、小咄を十も二十もぶっ続けで演じるようです。つまり師匠のように一つか二つの行き方と二つの方法があるわけです。つまりお座敷では客もきいてるが、幇間や芸者もいる。一つ二つの小咄では覚えられてしまうという考え方、一方はもっと聞きたいなという余韻を残してサッと引き下がるという手、二つの演出法があると思うんですが……。

圓生　これもやり方の非常にむずかしいもんでしょうね。延々と長くやってゆくもんじゃないしね。ちゃんと一つにまとまった話……まア、かりに『鈴ふり』をやるなら一席ずっとやりますね。

小島　志ん生さんなんか前に張形のマクラをふって『甚五郎作』に入って、それから『鈴ふり』に入って行きましたね。

圓生　ですからあんまり若い人のやるもんじゃない。

小島　師匠はどっちかっていうと、バレ小咄っていうのはあんまりお好きじゃないほうですか？

圓生　そうですね。ちらッとお色気で見せるのは好きですが……（笑）。

そういえば、今度の戦争に負ける間ぎわの満州の新京でね、志ん生とふたりでバレ小咄をやったことがあるんですよ。その頃、新京に放送総局っていう、いわば東京のＮＨＫみたいなのがあって、そこの偉い人ばかりの前でやったわけです。これは高座やなんかできちんと喋ったんじゃなくて、酒を飲みながら、当時、アナウンサーだった森繁久彌さんが、解説というのもおかしいけども、紹介者であり、つまり三人が鼎座《ていざ》になってやったわけです。かりにあたしが小咄をちょっと一席やって、さっとサゲを言うと笑うでしょ。するてえと志ん生がすぐにさっと次の小咄を始めるんです。向こうがやってる間に、ああ、この咄ならと、何か思い出すわけですよ、こんだ、これやろうかなと。向こうがサゲでワーッと笑うと、数秒おいてあたしがまたさっと喋り始める。それが終わるてえと、こんだ森繁さんが、その咄はこういうナニもありますね、というような具合にやって、つまりあっちィ行ったりこっちィ行ったりパッパッと転換するわけですよ。それがタイミングよく、ツ、ツ、ツ、ツと、行くわけです。聞いてる連中はみんな、あと二つも三つも宴会を掛け持ちなんだけども、その場から動《いご》かないんだ、これが。向こうからじゃんじゃん電話がかかってくるが、いますぐ行くと言って座を立たないんですよね、おもしろいから。

小島　ほう、そりゃ見事なもんだったでしょうね。

圓生　こんなこたァ再開したいといったってまずできないことなんですからね。

小島　たとえば、どんな咄をやりました？

圓生　どうって、いろんな咄が出ました、その時はね。志ん生が何かやってるとこっちが考える。こっちがやってる間に志ん生も考えるわけなんだ。あと何をやろうかなと……。そうすると次々に出てくる。その間にパッと森繁さんがそこへ割り込んできて喋るというわけ……。

小島　小咄ばかり？

圓生　そうそう。これは長い噺よりも小咄におもしろいものがいくらもある。ただサゲをどういうふうにやって行くかっていう、そこに技巧があるわけですよね、その人その人によって……。

小島　つまり、志ん生さんが『甚五郎作』をやる。師匠が『遍照金剛』をやる。志ん生が『氏神さま』をやる。師匠が『出雲の神さま』をやる、志ん生が『熊公の顔』をやる、師匠が『骨董屋』をやる、志ん生が『壁まら』をやる、師匠が『忠臣蔵』をやる……そこへ時々森繁さんがからんでゆくという、つまりバレ咄のオムニバス。

圓生　そうそう、そうそう。

小島　少なくとも二十や三十は出たんでしょうね。

圓生　やったでしょう。

小島　今なら入場料五万円でも、十万円でもききたいです（笑）。

圓生　こっちもきちんとそこへ坐ってやってるわけじゃなく、飲みながらだから、なんの屈託もなくやったわけ。こういう咄は、きちんと袴をはいて、舞台へ坐って「申しあげます」てえ咄じゃない。字で言やァ草書なんですからね、草書でやらなくちゃいけない。楷書で書くべきもんじゃないんだ。これはまァちょっと考えても、ああいうことはなかなかできやしない。

小島　そんなことは、その前も後もなしですか。

圓生　そりゃァない。

『かわらけ町』

小島　師匠のやっておられる、例の『南無大師遍照金剛』なんかっていうのは、活字で読むんじゃなくて、やっぱり聞いて味わう芸ですわね。
圓生　ええ……。
小島　あれは活字だと、どうしてもリズム感、それに哀れさが出ないですね。それから蜀山人の出てくる咄……『かわらけ町』ですか。
圓生　はァはァ、はァはァ。
小島　あれなんかおそらく師匠だけのネタと思いますが、教えていただけませんか。
圓生　あれはほかの人にはありませんね。うちの師匠（四代目・橘家圓蔵。俗にいう品川の圓蔵）に聞いたんですよ。マクラの小咄ですね。師匠がスケあれはトリやなんかじゃやらない。席の時にやったのを、いっぺん聞いたことがあったんですよ。

えー、昔からこのォ、ご縁と申しまして、町の名にいろいろのご縁があるといいますが、〃一から十〃まで東京で揃うところがございます。市ヶ谷、二丁町、山谷、四谷、五軒町、六間堀、七軒町、八丁堀、九段に十軒店……てんで、これで一から十まで揃います。

で、麻布というところには、〃おでき〃に縁があるという、あまりきれいなおはなしではございませんが、根太《ねぶと》坂という坂があって、坂の途中に養宣寺《ようせんじ》に朝専寺《ちょうせんじ》という寺が、二軒ならんでおりまして、これで〃ヨウ、チョウ、ネブト〃という。

坂の下に伊丹屋《いたみや》という大きな酒屋がございま

して、坂をのぼると公儀のご番所があって、これを公儀のご番所というのは面倒ですから〝コウヤク番所〟といったそうで、で下に神谷町《かみやちょう》というのがあります。〝ヨウ、チョウネブトにイタミがあって、コウヤクがあってカミ〟がある。これですっかりできものが揃いまして、坂をのぼると〝品川のウミ〟が見えたてんですが、こりゃァきたないご縁で……。

麻布には面白い町名がありまして、昔、土器《かわらけ》町《まち》というのがあった。ここに、お旗本で下腹《したはら》九十郎という妙な名のかたが住んでいたんで……。ゆっくりいえば別に何のこともないが、急いでいうとおかしい。「麻布かわらけ町したはらくじろう」てんで……。

で、このォ、土器町に妙なはなしがありまして、萬屋《よろずや》幸右衛門という質屋《しちや》があって、ここに長く奉公していた女中が、暇《ひま》をもらって故郷《くに》へ帰りました。で、その晩、出火というので、土器町も焼けましたので、近所で悪い評判が立って、「どうもあの火事以来、女中の姿が見えなくなったが、あのさわぎで焼き殺したんじゃないか」「うん、たしかに死んでいるに違いねえ」などという、どうも悪い評判が立ったので、そんなことはない、前の晩に暇を取って帰りましたなんといって、断わって歩くわけにも参りませんから、表へ張り紙をいたしました。質屋さんですから、

「質物一切何事もござなく候。ならびに家内一同怪我なく候」

萬屋幸右衛門ですから、その下へ〝萬幸《まんこう》〟と書いた。質物一切何事もござなく候、ならびに家内一同ケガなく候、マンコウてんで……。

その前を通りましたのが、大田蜀山《しょくさん》（人）という名代の狂歌師で、矢立てをとり出して、その脇へスラスラと書いた狂歌が、

「マンコウに毛がないとてのことわりは、かわ

らけ町にいらぬ立て札」
てんですがね……(笑)。
小島　今はない町名だけに、おもしろいですねえ。
圓生　エへへ……。バレ咄なんかっていうのは、ほんとにやる人によって形がサッと変わっちゃう。それでまたいいのかもしれませんが、ただ、これをどういうふうに聞かせるかってえことですね。

艶笑落語銘々伝

小島　品川の圓蔵さんというのは、バレの咄は上手だったんですか？
圓生　そりゃァ高座なんかじゃやらないですけどもね。噺のうまい人は何をやらしたってうまいですね。いつか「落語研究会」でやったことがあった。もっとも落語研究会といったって何か慰労会ですね。それは鶴見に花月園ができた年なんだ。
小島　それじゃ、かなり昔ですね。
圓生　あたしが子供の時分ですからね。その時に鶴見の花月園ができて、落語研究会の慰労会でもってみんな行ったわけです。そして円右(初代・三遊亭円右)、圓蔵それに三代目の小さん(柳家小さん)と三人で、一席ずつバレをやった。うちの師匠が張形の『甚五郎作』、円右師匠が『目ぐすり』、三代目の小さん師匠が『三軒長屋』。
小島　『三軒長屋』というのは、例の〝お手々ないない〟のアレですか？
圓生　ええ、そうです。
小島　お客さんは？
圓生　今村次郎、岡鬼太郎とか石谷華堤《かてい》、森暁紅《ぎょうこう》とかそういったような研究会の先生に、向こう（花月園側）の関係の人たちがいて、芸者も呼んだと思うんだけど、ともかく大がかりなものでしたよ。

小島　昔から、バレ咄……特に小咄の数をたくさん持った人とか、うまかった人とかいうのは、どんな人がいらっしゃいましたか？

圓生　さァね、そいつァわかりませんね。

小島　たとえば柳橋の圓遊さん（三代目・三遊亭圓遊）のは？

圓生　幇間してたからね、お客からそういうものを好まれたでしょうね。やれば喋るのが商売だったんだからうまいわけですよ。

小島　話にきくと随分その道のベテランだったそうですが……。

圓生　ええ、いろんなネタを仕入れてやっていたでしょうから。

小島　三升家《みますや》（五代目・三升家小勝）なんかどうでした？

圓生　三升家さんには二つ三つ教えてもらいましたよ。

小島　どんなのをですか？

圓生　ひと月ごとにおならをする咄……。もう忘れてしまいましたけど（笑）。

小島　めくらの小せん（初代・柳家小せん）も、やわらかい噺の名手だったそうですねえ。

圓生　そりゃァ噺の数の多い人でしたね。速記本なんぞを見ても、かなり広範《こうはん》にいろんなものを知ってますね。こんなものをやるのかと思うようなものを出してますから、やったわけでしょうね。

小島　師匠が小せんさんから継承されてる噺というと？

圓生　そうですね。『五人廻し』も教わったし、『居残り』（居残り佐平次）だとか、『錦の袈裟』といったようなのは、みんな小せんさんですね。

寄席の限界

小島　艶笑落語というものの解釈というか定義というか、そういうものについて随分考えてみたんです。つまりこの本の場合もそうですし、この種の噺を特集した特別な催しのときもそうですが、あまりグロなもの、尾籠なものは艶笑とは違う。たとえば、さっき話に出た『勘定板』は座敷の真ン中で大便をする噺だからきたない。『逆さの葬礼《そうれん》』は女をさかさまにして上からのぞくんだから、こりゃァグロです。かといって『四畳半襖の下張』みたいに発禁本をめくってみるというのとは違う。やはりかつて、どこかで誰かが演じた噺でないといけない。そこにこの本を編集するのに、二年も三年もかかった理由があるわけです。

圓生　お色気ばなしといったらいいのかな……。

小島　年増のご婦人がきいて、「あらッ！」と顔をあからめる程度のお色気……そんなあたりが限界じゃないでしょうか？

圓生　ええ、昔は女の客が多いと、そういう噺は避けてやらなかったけども、この頃は、そういう噺があるてえと女の人が余計に聞きに来たりね（笑）。お色気てえものは本来、女の人が踊りを踊っていて、すうっと足を運んだときに赤い長襦袢の裾がちらっと見える瞬間……、まァそんな程度でしょう。

小島　「艶笑落語の会」という看板が出ると、半分……あるいはそれ以上も若い女の客が集まりますね。

圓生　昔は、そういう噺があると、女はスッと立ってッちゃって聞かなかったもんです。それが今は逆になってきてますね。世の中が変わったから、さらっとやってるとおもしろくないっていう。つまり砂糖のあくを抜いた、茶の湯でいただけるような上等なお菓子はうまくないんだな。黒砂糖かなんか入れて、どぎつく甘くなったものがいいんだから。

小島　味覚も変わってきましたからね。

圓生　芸もそういうものが響いてくるんですね。芸っていうものは精製されたもんでなければいけないわけだ。お色気も過ぎるといけないと、昔の師匠は非常にきびしくいったものです。

小島　ところで、寄席でやれる限界っていうのは、どの辺まででしょうか。『勘定板』とか『目ぐすり』とか『四宿《ししゆく》の屁《へ》』とか、その辺は今も寄席でちょいちょいやってますね。

圓生　本来ならばいけないわけですよ。お客さまの層によって、公開してもいい場合といけない場合とあるから、そこがむずかしいですね。『紙入れ』や『錦の袈裟』なんぞも普通にやるし、『にせ金』だってそうです。『尻餅』なんというものは、こりゃ上方の噺ですけども、これを先の五代目松鶴（笑福亭松鶴）さんがやりましたら、少しもワイセツに聞こえない。夜、夫婦でいっしょに寝ると寒いんで、ご亭主が女房の足の中へ自分の足も入れてゆく。あすこのとこで「なにをすんのや、オッサン、お腰《こし》が破れるやないか」というとこがある。腰巻が破れるというのが少しもワイセツに聞こえない。

つまりいま貧乏で、亭主よりも一枚の腰巻のほうが大事なんだ。破れた日にゃとっ替えられねえんだから「お腰が破れるやないか」っていう。亭主のほうは寒くってしょうがないから、温《あった》まろうてんで炬燵《こたつ》代わりに女房の足の中へ自分の足を入れる。そこに少しのお色気もないわけなんだ、夫婦といっても。その貧乏なることが、「お腰が破れるやないか」っていう言葉にありありとにじみ出てきて、ちっともエロには聞こえない。これでなくちゃいけないんです。つまりこういうところがワイセツに聞こえるようでは芸がまだ生々しい。あれはエロを通り越して貧乏の噺をしてるんだから、貧乏ということが深刻に出て、第三者からみると非常におかしい。

小島　『明烏』なんかでも最後に若旦那の足と花魁の足が絡まってるなんてとこがありますね。

圓生　ええ。

小島　あの程度はよろしいんですね。

圓生　ええ、そうですね。足をぐっと抑えるっていうことは、足で足を抑えてるわけなんだから、ほじくり出してエロだと言えばエロなんだけども、そういうことはエロっていうことよりも自然のものなんでしょうね。

小島　もうそういうことがあろうとなかろう

と、遊びに行って若旦那が惚れてゆく過程にお色気があるわけで……。

圓生　そうですよ。だからあまりやかましく言うと戦争時代みたいに味も素ッ気もなくなっちゃうわけで、あの頃は軍人が、「忠臣蔵」はいいけれども、お軽・勘平の道行なんというのはけしからんから、あそこは抜いてしまわなければいけない、と言ったもんですよ。つまり剛であれば、ただ剛一方で押し通してゆこうというわけですな。勇壮なパッとしたところもあれば、またお色気のところもあるというふうに織りまぜてあるから、芝居というものも見ておもしろいんで、噺もまたそういうもんですよね。

いつかも言ったんですが、圓朝師の噺には随所にそういうお色気も盛ってある。圓朝師のものをずっと読めばわかりますが、長い噺の間にやっぱり色っぽいところがありますよね。それはうまく織りまぜてある。それを行き方ばかり強調してゆくてえとおかしなものになる。つまりお色気ばかりあればいいっていうんでお色気ばかり強調してゆくてえと非常にいやらしいものになる。そうかといって、そういうものを全部抜いちゃった日にゃパサパサのものになるし……。

艶笑落語の変遷

小島　圓朝さんより少し古いことで申しわけありませんが、落語というものが発生した過程をふりかえってみると、大名の時代は別として一般大衆のものになってからは、当然他愛のないお色気のある噺がよろこばれたんじゃないかと思います。批判めいたものはお上がうるさい。堅い噺は講釈（いまは講談という）のほうが強い。そういうのがだんだんふくらんで今日の落語に発展して行ったのではないかしらと……。

圓生　平賀源内時代に深井志道軒（一六八三〜一七六五）という講釈師が浅草に出ていて、松茸のような形をしたもんというから、つまりロセン（男根）の形をしたもんで、釈台をたたきながら聴衆を集めてやった。これらは大いにワイセツなことを言ったわけなんですよね。そして客を笑わして、おもしろいことを言うってんで客を引きつけといていろんな噺をする。そして聴取料を取るわけ。喋り方もうまかったんでしょうけども、大道をぞろぞろ歩いてる客の足を止めるためには、何か非常手段を用いなければならないから、次から次へとおかしいことを続けて喋る。

小島　ご婦人と坊さんの悪口をさんざんならべて、客の足をとめたといいますね。

圓生　そういうのを〝豆蔵《まめぞう》口調〟といって、これはいけないんだよと、昔、師匠に怒られたもんです。

小島　〝豆蔵のあおぐ扇に人は散り〟という句がありますが、豆蔵というのは大道芸をやって、笊《ざる》や扇をもって見物人から投げ銭をもらった下級芸人のことですね。

圓生　豆蔵口調って言われたって、豆蔵っていうものをすでにあたしは知らなかった。明治四十年からになると豆蔵なんてものはいないですからね。われわれ噺家の客は座敷へちゃんと入って坐って聞いてんだから、そんなことをする必要はない。二十分なら二十分喋る中で、二カ所なり三カ所なりダーッとお客が笑うところがあればいい。それが落語なんだ。次から次へとおかしなことを言わなければもたないようなな噺家ではだめだと、よく師匠から小言を言われましたよ。

つまり話術がしっかりしていなくちゃいけない。話術がしっかりするっていうことは、描写によって人物が出てこなくちゃいけない。やってるうちに中の人物の言ってることで非常におかしいことがあるわけで、普通に使われてはちっともおかしくない言葉が、その場合にはおかしくなる言葉があるわけですね。そういうのが本当の落語だ。無理矢理くすぐったようなことを言って笑わせるのは笑いの上の部ではないというわけですね。だからあんまり笑わせると怒られたもんですよ。

小島　もう師匠の修業時代は、すっかり圓朝さんの学問が浸透して落語界が健全になった以降だから、逆に今みたいにバレだとかなんだとかいう種《しゅ》のものは、むしろ芸の邪魔になった……（笑）。圓朝以前……つまり幕末から明治のごく始めは、かなり自由奔放だったようですね。

圓生　そうでしょう。そういうものもかまわずやったわけでしょうね。

小島　昔も今もそうですが、世情が騒然としてくるとこんなものを取締るひまはない。落着いてくるとうるさくなる。

圓生　そうですね。維新前後はそんなことを取締ったりなんかしてる暇はなかったでしょう。だから勝手放題、野放しでやってたでしょう。それから当時来たいいお客っていうのは、寄席へちょいちょい来てくれるお客のことを言うんですよ。そういうのは職人やなんかが多かった。職人やなんかが来なくちゃしょうがない。そういうのは、ゆうべも行っておもしろかったから今夜も行ってみようやなんていうので、カネさえありゃほかに娯楽がないから来てくれるわけでしょう。それに当時の職人だからまことに無学で、あまりお上品なことを言ったっていけないわけなんだ。

小島　古い速記本を読みますと、お女郎買いの噺なんかでもマクラを振らないで、いきなり吉原《なか》へ行って遊ぶというところからパーンと始まってますね。あれでよかったわけですね、もう吉原はみんな行って知ってるんだから……。

圓生　説明しなくともみんなよく知ってることだからツーと言えばカーと言うように通じるわけだし、吉原とは言わないで、みんな「なか」と言ってた。だからあたしたちが噺をしてときどき思うんだけども、「なか」と言ったって何のなかなんだか今の人にはわからない。相手がわからなくちゃしょうがないから吉原《よしわら》と言うが、昔は吉原と言わないで「なか」と言った。「なかへ行く」っていうことは吉原へ行くっていうことなんで、そういうおなまな言葉は使わない。みんな「なか、なか」と言ってました。

小島　そうですね。やりにくいことが随分あるでしょうね。師匠の年代っていうのは吉原へ行くのが男の常識だったのに、今の客はまるで吉原の〝よ〟の字も知らない人が聞いてるわけだから、これはまるでわからないでしょう。外国の話よりなお通じない（笑）。だから明治の頃に受けた噺で、今は消えちまったのも、かなりあるんでしょうね。

圓生　そりゃァ、ありますねえ。

小島　相撲のほうでもそういうことはあるんですよ。四十八手……もっとも今は七十手になってますが、その中に「居《い》反り」「たすき反り」「撞木《しゅもく》反り」なんという決まり手がちゃんとあるのに、〝反りわざ〟なんぞ近頃トンとお目にかかったことがない。土俵はおんなしなんですがね。相撲といえば、男の裸の商売で、ご婦人にとってはセックス・アピールにつながると思うんですが、相撲とか相撲取りに因んだバレはほとんどありませんね。『大男の毛』ぐらいのものと違いますか？

圓生　あれだけでしょうね。円喬さん（四代目・橘家円喬）がうまかった。

小島　それから円馬さん（三代目・三遊亭円馬）のむらく時代の速記がありますが、バレの要素は消して演じていますよね。

圓生　あれは、バレっていうほどのもんじゃありませんよ。一番しまいにゴロゴロッと転がって来て、毛へぶらさがったてえくらいで……。

小島　本来は、その大男の相撲取りのロセンまで出てきたんじゃないかと推測するんですが……。

圓生　そういうのは、聞いたことがない（笑）。

禁演落語について

小島　ところで、戦後のひところ〝禁演落語〟っていうもんがごっちゃになっちゃって、禁演落語というと艶笑落語だというふうな解釈がされてたんですが、実は大分違う。あの禁演五十三種を選ぶ時に、ほとんどやる可能性のないものまで入っちゃったというのはどういうんですかね。

圓生　もしやってはいけないということで、そういう演目を選んだわけなんですよね。

小島　禁演の五十三種は、「艶笑落語入門」(1巻参照)の中で触れておきましたけど、これを選んだ基準というのがよくわからないんです。

圓生　寄合いの場所でこういう噺はしちゃいけない、それじゃ、これも入れよう、あれも入れようっていうんで五十三種きまっちゃったんですね。

小島　たとえば『目ぐすり』『紙入れ』『引ッ越しの夢』などは入ってます。戦時中にこんなものをやれば叱られるというのはわかるんですが、『つづら間男』が入っているのに、『尻餅』とか『鈴ふり』とか『姫はじめ』というのは入ってません。まァ、戦時中のことを現代のモノサシではかること自体おかしいのかもしれませんけど……。

圓生　もちろん常識的にやるべきもんではないとわかってるからね。『明烏』とか廓ばなしも禁演五十三種の中に入ってますね。つまり当時の軍部の考えたことだから、女郎買いはいけない、吉原はいけないっていうような、何か妙な、常識と言ったって常識では判断できないものなんだ。

小島　戦争中にはいろんなことがあったでしょう。

圓生　戦争中もひどかったけども、今の時代はちとどうも……(笑)。

この節の映画を見るとベッド・シーンばかり写すでしょ。あれをあえて芸術だと言ってるのはどういうわけかと思うな。人間同士が性交してるところは公開すべきもんではないんであって、公開すれば人間も犬や猫とおんなしになってくる。人間というものはそういうことは他人《ひと》には見せないことであって、昔から部屋を閉《た》て切って、ふたりッきりになって初めてすることなんだ。それを今は目の前に写し出して客に見せるということは、もうすでにどっかおかしいじゃありませんか。あたしに言わせるとおかしい。あんなものは公開すべきもんじゃないんだ。それをあえて芸術と称して、なんの芸術ですか。

小島　まァ、近頃キャバレーなどでやってる若い落語家の人のバレ咄の演じ方など、大変オーバーな演出がありますが、所詮、落語という舌先三寸の話芸ですから、どうしたってベッド・シーンを見せるほど強くはあり得ないですからね(笑)。

圓生　つまり、それを落語で喋るということは、落語というものはそもそも何であるかっていうこと。他人《ひと》を笑わせるということが趣意のもんですから、やはり笑いを本体としてやるべきもんでしょうね。われわれがやるべきことはね……。

艶笑落語の継承

小島　ところでこんどはお座敷で演じられるいわゆるバレ咄ですね。これはほとんど数限りなくある。私も三百題ほどひろいあげました。ところがどんな咄でも、そのものズバリはけっして出さないですね。

圓生　ええ、ええ……。

小島　道具の名前なんぞ、けっしておなまでは出てきませんね。たったひとつの例外は、こないだ亡くなった圓都《えんと》さん(大阪の橘ノ圓都)にきいた『紀州飛脚』です。最後に娘の狐《きつね》が口をあけてタレ（女性の道具）に化けるところがあるでしょう。そのとき圓都さんは「きれいな於女子《おめこ》やなァ」とか「こんな於女子、たまらんなァ」など使ってます。この場合〃於女子〃という表現以外、どんな言葉を使ってもダメなんですね。その噺のムードでなくなってしまう。ズバリの表現はこの噺だけでした。

圓生　おじさんからきいた咄で、女のアソコを食べるってのがあったな。

小島　ほう。おじさんというと一朝爺さん（二代目・三遊亭一朝。圓朝の高弟）ですか？

圓生　ええ、一朝爺さんです。

小島　どんな咄です？

圓生　女房が死んで、アソコだけをくりぬいて大事に取ってあるんだな。留守に隣の奴が来て、いつもここを開《あ》けちゃ何かしてやァがるっていうんで、あけてみる。なあんだ、柿かァってんでそれを食っちまうんだ。これは少々無理な咄なんだけども、アレを柿と間違えて食ったという咄……。

小島　サゲはどうなんですか？

圓生　帰ってみるとなくなっちゃってるので、隣の奴にどうしたんだと言うと、柿だと思って食っちゃったって言う。あれは大事に取ってあったかみさんのアレなんだと。それからてえもは、食われたほうががっかりして患ってる。そこへ食っちまった奴が病気見舞にくる。牛蒡《ごぼう》かなんか輪切りにした奴を佃煮にして持って来て、これ食いねえって言う。いやァ、いけねえ。どうして？　それは肛門かもしれねえっていうようなサゲなんだ。どうもきたない咄で……（笑）。

小島　その場合、アソコの名前を、おなまでいったんでしょうかねえ？

圓生　さァ、どういうなんですかねえ……（笑）。まァ、はっきり名称をいわなくちゃァ、尻の穴かも知れないというサゲが効かない(笑)。

小島　その咄なんぞ、まさに〝バレもここに極まれり〟といったとこですね。今輔さん(五代目・古今亭今輔)のバレに『成田みやげ』というのがありますが、あれなどもひょっとすると一朝爺さんゆずりかもしれませんね。

圓生　……。

小島　今輔さんもほとんどバレはやりませんが、文楽さん(八代目・桂文楽)もほとんどやりませんでしたね。あの人のやっていたのは、えーと……。

圓生　『張形』をやったでしょう。

小島　ああ、旦那がいたら一分も貸さないっていうやつをやってましたね。

圓生　ええ、文楽さんはあればっかりやってた。

小島　今輔さんの『成田みやげ』ですが、鶏でやってます。子供が「お父っつあん、鶏も一緒に行くのかい」「どうして?」「だって、あそこでいとま乞いをしてらァ」となる。ところが円歌さん(二代目・三遊亭円歌)は、鶏でなくって犬でやってました。犬なら一緒に成田までくっついてゆくかもしれないから少しも不思議でないし、おかしくもない。これはやっぱり今輔流のほうがいい。

圓生　無理やり直したっていうものは、どっか不自然になってる。

小島　こないだ若い人のを深夜テレビで見たんですが例の『大根売り』を大根でなくって野球のバットにして、舟をミットにしてやってました。それでもいいのかもしれないけれども、やっぱり大根売りが「いけねえ、こんどは舟を取られる」のほうが、はるかにスケールが大きく、おかしい。

圓生　……。

小島　こうした一連のバレ咄というのは、お弟子さんなんかには教えるもんですか？

圓生　教えませんね。だいたいバレの噺ってえものは教わるものではありません。

小島　お座敷で師匠や先輩がやっているのをきいていて、こっそりと盗《と》る（笑）……。

圓生　教えてくれって言えば、知ってるものは教えますけどもね、やる人の心がけっていうものをちょっと言ってやりますよ。

小島　バレ小咄なんていうのは、本来、いったいいくつぐらいあるもんでしょうか？

圓生　そらわかりませんね、ええ、そんなもの、こっちは勘定したことないから（笑）。

小島　もっとも、あんまり帳面へついてませんものね、こりゃ。だけど、たとえばさっきの文楽さんとか今輔さんなんてひとのように、やっても一つか二つしかの人もいらっしゃる反面、二ツ目さんあたりでもウンと持ってる人もいる。まァ、『大根売り』『弘法の馬』『揚子江』『壁まら』『松茸売り』『忠臣蔵』……なんて、大変よく聞きます。歌舞伎十八番と同じように、バレ咄十八番ができるかもしれません（笑）。

ところで、師匠のおやりになる『三十石』……こりゃァ、バレじゃァないんですが、あの船の中に〝タレスキー〟という外人さんが突如出て来ますね。あそこへ来ると、つい吹きだしちゃう。

圓生　ええ、ありゃァあたしが自分で、いたずらに入れたんですよ（笑）。

小島　こりゃァ、読者の方にちょいと説明しておかないと、なぜおかしいのかわからないでしょうが、〝タレ〟というのは寄席の楽屋の隠語で〝女性〟のこと、〝女性自身〟のことにもなるわけで、外人さんの名が〝女性好き〟ですから、こりゃァ仲間うちが吹くわけですよね。ところがお客さんにはわからない。

圓生　わかりませんね（笑）。

小島　以前、寄席の大喜利で……たしか芸術協会のほうでしたが、シカ芝居（落語家芝居）をやった。配役の名前が〝永井呂仙《ろせん》〟というお医者さんに、〝垂柿杉之進《たれがきすぎのしん》〟という浪人もの……お客さんにはわからないが、楽屋はバカ受けでした（笑）。

圓生　それも註釈が要る（笑）。

小島　〝ロセン〟は〝男性自身〟、〝カク〟は〝女性といたすこと〟……もういいでしょう（笑）。

圓生　『演芸当座帳』っていう本を見ると、岡鬼太郎さんが書いているんです。つまり劇評もあれば落語のこともある。義太夫、講釈、あらゆるものが書いてあるわけですね。明治四十年かな、六代目の朝寝坊むらくっていうのが死んだんです。これは橘之助《きつのすけ》（立花家橘之助。女流で浮世節の名人）っていう人と夫婦だったんですが、この人はかなり大きいまらの持ち主だったので、渾名を「おおまらのむらく」と言ってましたよ。それが死んだことを書いてあるところに、「別に惜しむべきという程のこともないが、むらくが死んだ。肺病で死んだというが、一説によると、ヤニをなめさせられたのではないかということであるが、これは楽屋オチだぞうで筆者には判らず」と書いてある。

小島　粋なもんですね（笑）。「田能久《たのきゅう》」ですね。

圓生　実に人を喰ったもんでね。楽屋ではもちろんそれで通じる。お客のほうじゃ知らないでしょうけども、それでも噂でちらッちらッと知ってる人はあったわけです。わからずに見たり何のこったか、おもしろくもおかしくもないんで、ヤニをなめさせられたって何のことかわからない。だけど『田能久』という落語を知ってたら、まらの大きいのを大蛇っていうから、ヤニをなめさせられたというのが実におかしい。当時は客で、これは何のこったと落語家に聞いた人があるにちがいない。ヤニをなめさせられたっていうのは、実はこういうわけだ。はァはァ、なるほど、そうかッてなもんで、こいつがわかると読んだ奴は喜ぶってなもんですね。明

小島　そういう書き方もできたんですね。明治の昔がうらやましいです（笑）。いろいろありがとうございました。

〈付記〉

対談の相手は、いわずとしれた〝柏木の師匠〟こと、六代目の三遊亭圓生師である。

電話でお願いし、打ち合わせも入念にすませたのに、どうも当初は〝圓生、艶笑を語る〟式な、どちらかというとひやかし半分と受けとられ、戸迷いが感じられたが、中盤から乗って、実のある対談となった。

圓生師のバレの中では、『かわらけ町』が印象に濃い。圓生師独自のもので、他の人にはない。ぜひ活字に残しておきたいなと思い、おねだり出来たのは、収穫であった。

〝公開されるバレばなしの限界〟といったところで、私は「年増のご婦人がきいて、〝あらッ！〟と顔をあからめる程度のお色気……そんなあたりが限界じゃないでしょうか」ときいた。

圓生師も大いにうなずいておられたのは、共感を呼んだものと思えた。

ともかく、バレばなしに〝定義〟というのはおかしいが、公開の席で演じられる限り、〝ご婦人が顔を赤らめる〟程度まででであろうと思う考え方は、今も変らない。

圓生師の対談、芸談の類いは多いが、この種のものはないだけに、貴重である。

三遊亭圓生

本名山崎松尾。明治三十三年九月三日（戸籍上では明治三十四年五月十三日）、大阪生まれ。四歳のころ上京、五歳の秋から豊竹豆仮名太夫の名で寄席に出るが、九歳のとき四代目橘家圓蔵（俗に品川の圓蔵）門下となり、圓童で落語家転向。そのころ母がのちの五代目圓生（当時二三蔵）と再婚したため、義父の名を追う形で、小圓蔵、圓好（真打）、圓窓、圓蔵と出世、昭和十六年に六代目圓生を襲ぐ。

戦後の活躍は目覚ましく、落語協会会長を務め、数々の受賞に輝き、皇居内で御前口演の栄にも浴した。『圓生全集』などの著書、『圓生百席』のライブ盤など、全作品を活字と声で残す。五十三年六月に「落語三遊協会」を旗揚げしたが、第一線で活躍中の五十四年九月三日、満七十九歳の誕生日に、千葉県下の仕事先で没。門下生には当代圓楽らがいる。

協力

古今亭志ん好
古今亭甚語楼
桜川ぴん助
三遊亭圓生
三遊亭圓遊
橘ノ圓都
橘家圓太郎
露乃五郎
波多野栄一
林家染語楼
正岡容
能見正比古

本書は一九八七年七月、立風書房より刊行された。

わが落語鑑賞　安藤鶴夫

名人たちの話芸を、浅草生まれの東京人安鶴が洒脱な筆に置きかえて、落語の真随を描き出す。「富久」「つるつる」「酢豆腐」など16話。（澤登翠）

古典落語　志ん生集　古今亭志ん生　飯島友治編

八方破れの生きざまを芸の肥やしとした五代目志ん生の、「お直し」「品川心中」など今も色褪せることのない演目を再現する。

古典落語　文楽集　桂文楽　飯島友治編

八代目桂文楽は「明烏」など演題のすべてが「十八番」だった。言葉のはしばしまで磨きぬかれ、完成された芸を再現。

古典落語　圓生集（上）　三遊亭圓生　飯島友治編

寄席育ちの六代目三遊亭圓生は、洒脱な滑稽味で聞かせる落とし噺、しっとりと語り込む人情噺を得意とした。この巻には「らくだ」ほか11篇。

古典落語　圓生集（下）　三遊亭圓生　飯島友治編

圓生は、その芸域の広さ、演題の豊富さは噺界随一といわれた。この巻には、「文違い」「佐々木政談」「浮世床」「子別れ」ほか8篇を収める。

古典落語　金馬・小圓朝集　三遊亭金馬／三遊亭小圓朝　飯島友治編

豪放な芸風、明快な語り口でファンを魅了した三代目金馬。淡々とした語り口の中に、江戸前の滑稽味あふれる三代目小圓朝。味わいある二人集。

古典落語　小さん集　柳家小さん　飯島友治編

いまや、芸、人物ともに落語界の最高峰である五代目小さん。熊さん八っつぁん、ご隠居おかみさんから狸まで、理屈抜きで味わえる独演集。

古典落語　正蔵・三木助集　林家正蔵／桂三木助　飯島友治編

端正な語り口で怪談・芝居噺、そして晩年の随談で聞手を魅了した正蔵、繊細な感覚、飄逸な軽みで人々に愛された三木助。懐しくも楽しい一席を。

落語百選　春　麻生芳伸編

古典落語の名作をその〝素型〟に最も近い形で書起し四季に分け編集したファン必携のシリーズ。故金原亭馬生師の挿画も楽しい。（鶴見俊輔）

落語百選　夏　麻生芳伸編

「出来心」「金明竹」「素人鰻」「お化け長屋」など、大笑いあり、しみじみありの名作二五篇。読者が演者となりきれる〈活字寄席〉。（都筑道夫）

落語百選　秋　麻生芳伸編

「秋刀魚は目黒にかぎる」でおなじみの「目黒のさんま」ほか「時そば」「野ざらし」「粗忽の釘」など江戸の気分あふれる25話。（加藤秀俊）

落語百選　冬　麻生芳伸編

義太夫好きの旦那をめぐるおかしくせつない「寝床」。「火焔太鼓」「文七元結」「芝浜」「粗忽長屋」など25篇。百選完結。（岡部伊都子）

落語特選（上）　麻生芳伸編

好評を博した『落語百選』に続く特別編。「品川心中」「居残り左平次」他最も〝落語らしい落語〟を選りすぐった書き下し四十篇。（G・グローマー）

落語特選（下）　麻生芳伸編

編者曰く「落語の未来はコイツに託す」という『居残り佐平次』他特選厳選の二十篇。「落語百選」から続く大好評のシリーズ完結篇。（小沢昭一）

なめくじ艦隊　古今亭志ん生

〝空襲から逃れたい〟、〝向こうには酒がいっぱいある〟という理由で満州行きを決意。存分に自我を発揮して自由に生きた落語家の半生。（矢野誠一）

怪談牡丹燈籠・怪談乳房榎　三遊亭円朝

カランコロンと下駄の音が聞こえると……。名人円朝の代表作「怪談牡丹燈籠」の口演速記。「乳房榎」を併録。

写真集　おあとがよろしいようで　橘蓮二写真　高田文夫監修

小さん、談志、志ん朝、小朝……「人間度」濃い芸人さんたちとの交流を深めつつ、演者と素顔の狭間にある「楽屋の顔」を見事に捉えた写真集。（安藤鶴夫）

A面　B面　阿久悠　和田誠

「津軽海峡冬景色」「ペッパー警部」など、歌謡曲の一時代を画した作詞家・阿久悠が、大の音楽好き和田誠を聞き役に、自作をおおいに語る。

パブロ・カザルス　鳥の歌　ジュリアン・ウェッバー編　池田香代子訳

音楽性はもとより、人格の高潔さによっても世界のファンを魅了したカザルス。自身の言葉と同時代の人々の証言から伝説の音楽家の素顔が甦る。

吾輩は猫ではない　江戸家猫八

独特の芸風で、江戸八丁あらしといわれたおやじ初代猫八と、全国を旅回りした猫八少年のユーモアとペーソスあふれる痛快な物語。（緒形拳）

ちくま文庫

定本艶笑落語2　艶笑落語名作選

二〇〇一年四月十日　第一刷発行
二〇〇四年一月十日　第三刷発行

編　者　小島貞二（こじま・ていじ）
発行者　菊池明郎
発行所　株式会社　筑摩書房
東京都台東区蔵前二―五―三　〒一一一―八七五五
振替〇〇一六〇―八―四一二三
装幀者　安野光雅
印刷所　株式会社精興社
製本所　株式会社鈴木製本所

ちくま文庫の定価はカバーに表示してあります。
乱丁・落丁本及びお問い合わせは左記へお願いいたします。
筑摩書房サービスセンター
埼玉県さいたま市北区櫛引町二―六〇四　〒三三一―八五〇七
電話番号　〇四八―六五一―〇〇五三

ISBN4-480-03632-6 C0176